DREAMBOOKS

DREAMBOOKS★

毒功大家

독공의 대가

권이백 신무협 장편소설

ORIENTAL FANTASY STORY & ADVENTURE

dream books
드림북스

독공의 대가 8

초판 1쇄 인쇄 / 2015년 6월 12일
초판 1쇄 발행 / 2015년 6월 19일

지은이 / 권이백

발행인 / 오영배
책임편집 / 편집부
펴낸 곳 / (주)삼양출판사 · 드림북스

주소 / 서울시 강북구 도봉로 173
대표 전화 / 02-980-2112 팩스 / 02-983-0660
편집부 전화 / 02-980-2116 팩스 / 02-983-8201
블로그 / blog.naver.com/dreambookss

등록번호 / 제9-00046호
등록일자 / 1999년 3월 11일

값 8,000원

ISBN 979-11-313-0360-3 (04810) / 979-11-313-0126-5 (세트)

* 지은이와 협의하에 인지는 생략합니다.
* 잘못된 책은 구입한 곳에서 바꾸어 드립니다.

이 도서의 국립중앙도서관 출판시도서목록(CIP)은 서지정보유통지원시스템홈페이지
(http://seoji.nl.go.kr)와 국가자료공동목록시스템(http://www.nl.go.kr/kolisnet)에서
이용하실 수 있습니다. **(CIP제어번호: 2015015886)**

毒功大家

독공의 대가

8

권이백 신무협 장편소설

ORIENTAL FANTASY STORY & ADVENTURE

dream books
드림북스

毒功大家

독공의 대가

목차

第一章

결국 하나의 길로……

"허허…… 왔는가?"

라니. 피칠갑을 하고서 말하기에는 너무도 인자로운 말이 아닌가.

'뭣 하나 정상인 것이 없군.'

산전수전(山戰水戰)을 겪었다고 자부하는 왕정이지만 눈앞에 보이는 현실에서는 당황스러움을 감추기 힘들었다.

그만큼 그가 느끼고 있는 당황스러움이 크다고 할 수 있는 반증이다.

연륜이 어디로 간 것은 아니었던가. 사혼방주를 제외하고는 가장 연장자인 녹군의 문주 호군웅이 먼저 물었다.

"이게 무슨 일입니까?"

"흘흘…… 보이는 대로이지 않는가?"

"……."

주변을 다시 돌아보아도 오직 시체와 피뿐이다. 그 수가 많지 않아 시산혈해라고 할 수준은 아니나 좋은 광경은 아니었다.

그런데도 보이는 대로라니?

나이를 먹었어도 꽤나 이성적인 모습을 유지하던 사혼방주답지 않은 언행이었다.

"방의 방주가 방원들을 죽였다. 그 연유는 알 수 없다. 여기까지가 맞는 것입니까?"

"제대로 이해했구먼. 맞네. 다만…… 본인은 이유를 알고 있다는 것이겠지."

사혼방을 지켜야만 하는 방주가 방원들을 죽여야만 하는 이유가 무엇일까? 아니 그럴 수 있는 이유가 존재키는 하는 것인가?

'적이 아니고서야 죽일 이유도 상황도 아니었다.'

왕정은 그리 생각했다. 더군다나 독곡의 정신적 지주라 불리는 사혼방에서는 일어나지 않아야 할 일이지 않은가.

"왜 죽이신 겁니까?"

"꽤 직설적이로구먼…… 허나 이 수밖에는 없었다네. 사혼방. 나아가서는 독곡을 위해서는 그리 해야만 했지."

"개인적인 이유는 아니신 거군요?"

"물론!"

당연하다는 이야기다. 대체 무슨 사연이 있기에 이런 일을 벌인 것일까?

자리를 잡을 새도 없이 모두가 그대로 서 있는 채로, 사혼방주의 입이 열리기만을 기다린다. 이 상황을 해석할 수 있는 열쇠를 지닌 자는 오직 그뿐이었다.

"후우……."

그리고 이내, 그는 한숨치고는 꽤나 긴 숨을 뱉어내는 것을 신호로 이야기를 풀어놓기 시작했다.

*　　*　　*

"처음 일이 닥친 것을 알게 된 것은…… 그래. 몇 년 전 일독지문을 위한 제사를 지내기 시작할 때부터였네."

일독지문을 위한 제사.

일독지문에서 수백 년 전에 잃어버렸다는 연독기공을 찾아주기 위한 제사였다.

중원의 상식으로는 말도 안 되는 제사다. 아니, 사혼방을 정신적 지주로 삼는 일독지문에서도 반신반의하며 시작한 일이기도 했다.

하지만 동아줄이라도 잡아야 할 상황이지 않았던가.

독막은 독곡일통을 외치며 일독지문을 위협하고 있고, 연독기공이 사라져 일독지문의 무력은 점차적으로 줄어드는 상황이었으니!

상황이 급한 그들로서는 말도 안 되는 일이라도 해야만 했다.

제사가 일어나기 그 전날까지도 사혼방주는 자신의 손에 쥐어진 주술을 사용키 위해서 반복하고 또 반복을 하고 있었다.

끝없는 연습이었으며 또한 준비였다.

고대에서나 전해졌다는 묘한 술법이자 그로서도 처음 실행해 보는 술법이었기에 준비를 허투루 할 수 없었다.

"흐으…… 어렵군."

피 칠갑을 하고 있는 모습보다는 조금 더 젊은 모습을 한 사혼방주는 잔뜩 피로감이 쌓인 채였다.

당장 내일에 있을 주술을 성공시킬 수 있을지 자신이 없었다. 처음이 주는 두려움이라기보다는 그가 해야 할 주술의 난이도가 그만큼 높기 때문이리라.

"후우……."

허나 독곡의 균형을 위해서라도 주술은 성공해야만 했다. 그래야만 어떤 방식으로든 연독기공이 일독지문에 돌아오리라.

그는 그것을 자신이 해야 할 일이라 여겼다.

그때다. 그의 뒤편에서부터 익숙한 목소리가 들려왔다.

"사부님."

제자다. 일훈옥. 그의 마지막 제자인 셋째이자, 그 실력이 뛰어나 사혼방의 차기 방주가 될 수도 있는 제자.

방주가 되기 위한 시험을 거쳐보아야 알 수 있는 일이기는 하나, 확률을 보자면 일훈옥이 다음 대 방주가 되기에 가장 가능성이 높았다.

다만 마음에 걸리는 바가 있다면, 아이의 출신 때문이리라.

일훈옥은 독곡에서 얻은 제자이되, 또한 독곡에서 얻은 제자가 아니었다. 그는 독곡의 외곽에서 우연찮게 얻은 제자였으니까.

독곡도 아니며 또한 중원도 아닌 곳에서, 독물의 습격에 부모가 죽고 살아남은 아이를 건진 게 바로 일훈옥이었다.

때문인지 사혼방에서도 심심찮게 그를 낯선 외부인으로 보는 자도 있기는 했다.

그때마다 일훈옥을 끼고 돌았던 사혼방주였다. 자식이 없는 사혼방주였기에 더더욱 그리했을지도 모른다.

덕분인지 다른 이는 몰라도 방주만큼은 크게 따르는 일훈옥이기도 하였다.

방주는 아비가 자식을 바라보듯 자애로운 눈빛을 한 채 일훈옥을 바라보며 물었다.

"허허. 옥이구나. 무슨 일이더냐? 들어오기 전에 기척이라도 내지 그랬더냐?"

"하하. 여러 번 했습니다, 스승님."

"그렇더냐? 이 스승이 집중을 하느라 차마 듣지 못한 듯하구나."

제자의 기척도 듣지 못하다니. 내일 주술을 사용해야 한다는 긴장감이 자신의 생각 이상으로 큰 듯하였다.

일훈옥은 그의 내심을 읽은 것인지 새로 물어왔다.

"잘 안 되시는지요?"

"……솔직히 그러하구나. 오래 전에나 있던 주문을 꺼내어든 것이 아니더냐."

"그렇지요. 생각지도 못한 주문에…… 전승도 되지 않았던 것이니 쉬울 리가 없기는 할 것 같습니다."

"그렇더구나. 허허."

우연한 일로 발견한 고서에서 찾은 주문이다. 아주 오래전의 주문.

셋째 일훈옥을 때때로 못살게 구는 것만 제외를 하면 가장 어여쁘다 할 수 있는 첫째 제자가 찾아온 주문이다.

오래된 고서를 찾아왔다며 스승인 자신에게 칭찬을 받고 싶어 하던 그때 그 모습은 꽤나 순수해 보이기도 했었다.

'허허…… 그때의 순수함처럼 사제 간에 서로 잘 지내면 좋으련만…….'

자신의 제자들의 모습을 떠올리고 보니, 왠지 모를 아쉬움을 느끼는 사혼방주였다.

사제들 간의 일만 아니었더라면 모든 것이 완벽했을 사혼방이기에 더더욱 아쉬움이 크게 느껴지는 것일지도 몰랐다.

"그런데 이 밤중에 무슨 일이더냐? 혹여 아직도 아이 때처럼 잠이 오지 않는 것이더냐?"

어릴 적의 일훈옥은 사혼방주가 옆에 없으면 잠을 자지 못하기도 했다. 어린 나이에 부모를 잃어서 애정을 갈구하는 것이었을 게다.

지금에 와서 다 커버린 일훈옥으로서는 잊고 싶은 흑역사이기도 했다.

"하하. 그럴 리가요. 이제는 저도 성년이 아닙니까. 게다가 스승님의 품에서 자지 않은 지는 오래됐단 말입니다."

"흘…… 그렇더냐? 하지만 내 눈에는 아직 아이다. 첫째와 둘째도 그러하고, 셋째인 너도 그러하다."

"예. 그렇지요."

첫째와 둘째 사형들을 언급하는데 표정이 어두워지는 일훈옥이다. 방주는 그 모습이 마음에 걸려 물었다.

“그 아이들의 일로 온 것이더냐? 첫째더냐, 둘째더냐?”

“둘째 사형이 그럴 리가 있겠습니까?”

첫째와는 다르게 둘째는 성격이 수더분한 아이였다. 자신의 할 일에만 집중을 할 뿐 셋째인 일훈옥을 못살게 군다거나 미워하지 않았다.

그렇다면 남은 것은 첫째 순자겸이다.

“겸이와 무슨 일이 또 있었더냐?”

어지간해서는 자기 홀로 일을 처리하려고 하는 일훈옥이다. 그 아이가 자신을 찾아와서까지 첫째의 이야기를 한다라?

자신의 손에서 해결할 수 없는 큰일이 벌어진 것일지도 모른다.

“그것이…….”

“말해 보거라. 이번에는 무슨 일이더냐? 내 이번에도 …… 전과 같은 일이 일어났다면 크게 혼쭐을 낼 줄 것이야.”

괜히 사형제를 사형제라 부르는 것이던가. 피는 이어져 있지 않았으나 피가 이어진 형제와도 같기에 사형제라고 부르는 것이다.

‘그들은 형제인 것이다.’

방주는 진심으로 그리 생각했다.

형제가 싸우는 것은, 부모와도 같은 스승이 바로잡아야 하는 일인 터. 그것이 그의 의무였으니 이참에 크게 첫째의 버릇을 잡아볼까 하던 방주였다.

헌데 이어지는 말은 예상외의 말이었다. 사형제의 불화라고 보기에는 생각지도 못한 작은 이야기들이 흘러나왔다.

"내일의 주문은 큰일이기도 하지 않습니까. 그래서 저 또한 잠을 이루기 힘들어 산책을 했었습니다. 그런데 거기서 생각지 못한 것을 보았습니다."

"생각지 못한 것이라? 그것이 겸이와 무슨 상관이 있었던 것이더냐."

"……저도 처음에는 별일이 아니라고 여겼습니다. 하지만 그 늦은 밤, 작은 달빛 사이에서 사형과 웬 낯선 인물이 있더군요."

"흐음……."

낯선 인물이라.

새로운 사람이 거의 유입되지 않는 독곡에서 낯선 사람이라는 존재는 흔히 있는 존재가 아니었다.

게다가 독곡 내에서도 정신적 지주로 떠받들어지고 있는 사혼방에는 더더욱 낯선 이가 들어올 리가 없었다.

확률이 너무 낮은 소리다.

'옥이가 허튼소리를 할 리가 없거늘…….'

일단은 들어 보아야 했다.

"낯선 인물이라?"

"예. 제가 비록 방에만 머무르고 있어 많은 사람들을 알지는 못하지만 분명 사혼방의 사람은 아니었습니다."

"내일 주문을 위해 필요한 자일 수도 있지 않으냐?"

고개를 젓는 제자다. 주문을 위해서 필요한 자들의 얼굴들이야 이미 익히고 있다는 표정이다.

"그렇다면…… 그래. 독곡의 사람들 중에서 겸이에게 주문이라도 부탁하는 자는 또 아니었더냐?"

"아닙니다. 차라리 그랬으면 좋겠습니다."

"……그래?"

그제야 무언가 심각함을 느낀 방주였다.

하기야 뜸을 들이지 않는 편인 일훈옥이 이 정도까지 뜸을 들인다는 건 뭔가 심상찮을 일을 본 것이 분명했다.

"사형께서 말하더군요. 주문을 가져왔으니 공을 세운 것이라고."

"공을 세운 것이 맞기는 하다."

무공보다는 주문을 사용하는 것을 주로 하는 사혼방이다. 그런 방에서 잊혀졌던 주문을 찾았으니 공을 세운 것은 맞다.

"예. 맞지요. 헌데 사형과 함께 있던 자의 행색이 이상했습니다. 다 늦은 밤임에도 그는 복면을 하고 있었습니다. 그리고……."

"그리고?"

"독곡의 무공이라고 보기에는 전혀 낯선 무공을 쓰고 있었지요. 녹군, 독막, 일독지문 그 어디에서도 쓰이지 않는 경공이었습니다."

"허어……."

문파가 많지 않은 독곡이다. 작은 문파들이 몇 있기는 하지만, 그것이야 문파라고 보기에도 작은 규모였다.

또한 그 뿌리가 독곡의 네 개 문파로부터 나온 것이기에 대부분 비슷한 류(流)의 무공을 사용하고는 했다.

그럼에도 전에 없던 경공이라? 독곡의 인물이 아닌 외부의 인물이라는 소리다.

'공교롭구나…….'

내일 당장에 주문을 사용해야 하는 상황에 낯선 인물이라? 그것도 독곡의 사혼방에서?

주문이야 몇 번을 확인하고 또 확인을 하였으니 문제가 있을 리가 없었다. 주문에 문제가 있었다면 진즉에 알았을 것이다.

다만 마음에 걸리는 것은 첫째인 겸이가 남몰래 누군가를 만났다는 것에 있었다. 그것도 누구에게도 알리지 않은 채로!

"이 사실을 누가 또 알더냐?"

"바로 스승님에게 왔습니다. 다른 사형제나 방의 사람들은 모를 것이라고 생각하고 있습니다."

"흐음……."

일은 일이다. 하지만 그것이 사혼방, 나아가서는 독곡에 해가 되는 일인지는 아직 판단하기 어려웠다.

"우선은 옥이 너만 알고 있으려무나. 당장에 조사를 벌이고 일을 크게 키우기에는 상황이 공교롭지 않더냐?"

"……예. 알겠습니다."

사혼방주는 일단은 상황을 더 지켜보기로 하였다.

허나 그때의 보류가 지금의 상황으로까지 이어질 줄은 방주로서도, 일훈옥으로서도 예상치 못하였다.

사혼방 내에서도 작은 파국의 씨앗이 오래전부터 심어지고 있었던 것이다.

"그때…… 제대로 조사를 했어야했네. 새로운 주문에 정신을 팔려서 해야 할 일을 소홀이 한 것이겠지."

과거에서 다시 돌아온 사혼방주가 회환을 느끼는 듯 말하였다. 요 며칠 사이에 폭삭 늙어버린 듯 잔뜩 힘이 빠진 모습이었다.

자애로운 늙은이의 모습이라기보다는, 수십 년의 피로가

잔뜩 쌓인 늙은이의 모습이었다.

다만 그 눈빛만은 여전히 정명했다.

사혼방에 낯선 인물이라니.

답을 들어야 했다. 허나 답을 들으면 생각지도 못한 일에 휘말릴 듯한 느낌이 들기도 한 왕정이었다.

그래도 물었다.

"……그 낯선 인물은 누구였습니까?"

"흘흘……."

허허로운 웃음이다. 초탈한 듯한 웃음이기도 하였다.

"흘…… 사혼방 내부의 일이라고 하기에는 무리가 있기는 하겠군."

"이미 방의 일이라기에는 너무 커졌지요. 또한 이차시험에 사용하셨던……."

"고독! 그래 그 고독이 문제지!"

방주가 병적으로 외친다.

고독에 무언가 사연이라도 있는 듯 그의 눈은 시뻘겋기 그지없었다. 아예 핏줄이 잔뜩 섰다.

정명하기만 했던 눈빛이, 원한에 가득 찬 악귀라도 되는 듯 변하는 것은 순간이었다.

"……알고 계셨었군요?"

"그러네."

"첫째 제자가 가져 온 것입니까? 아니면 그와 있었다는 복면인이?"

고독은 아무 곳에서나 나고 자라는 것이 아니다. 쉽게 키울 수 있는 것도 아니다. 그것을 키우기 위해서는 많은 노력을 요하는 터.

아무리 사혼방주의 제자들이 뛰어나더라도 혼자의 힘으로 키울 수 있을 만한 것이 아니다.

그러니 고독을 키울 만한 곳이 있다면,

'그곳은…… 마교겠지.'

왕정의 생각대로 마교일 터다. 고래로부터 고독을 조종하여 일을 획책했던 자들이니까!

"……둘 다라고 해야겠지. 어쨌든 그 아이도 손을 보태었으니까. 흘…… 그러니 지금 저렇게 누워 있는 것이겠고."

누워 있다라.

죽어 시체가 된 것도 누워 있는 것이 맞다면, 맞는 말이기는 하였다. 사혼방주의 발아래 흩어져 있는 시신 중 하나는 첫째 제자인 것이다.

—허허…… 못 할 짓을 한 게로구나. 방주는…….

독존황의 말대로다. 지금 방주가 저리 제정신으로 서 있는 것도 기적일지도 몰랐다.

결국 왕정은 직접적으로 묻기로 했다. 물어야만 했다. 마교라는 말을 회피해 보아야 남는 것은 없었다.

도망을 칠 수도, 피할 수도 없으니까.

이차 시험에서 고독이 자신의 몸을 노리고 들어왔던 그 순간부터, 먼저 독곡을 도발한 쪽은 마교가 되는 것이다.

반쯤은 독곡의 사람이자, 일독지문의 대표를 하고 있는 자로서 물었다.

“마교입니까?”

“맞네.”

대답은, 짧았다. 허나 그 파급력은 컸다.

“마교가?”

“진심입니까?”

호군웅, 안일지 모두 다시 되묻는다. 그만큼 마교라는 곳이 그들에게 가져다주는 무게감은 컸다.

아무리 독곡이라 하더라도 마교에 관한 이야기를 전혀 모를 리는 없기 때문이리라.

마교일통을 꿈꾸고 있는 그들은, 독곡에만 머물고 있는 사람들에게도 때때로 위협이 되기도 하니 당연했다.

아니, 이제는 위협의 수준이 아니었다. 대화를 하기는커녕 고독부터 사용했던 마교이니 공격을 받았다 해도 맞으리라.

“본 방주의……말에는 한 치의 거짓도 없다네.”

확언이다.

대체 마교는 무엇을 노리고 독곡의 사람들을 조종하려 한 것일까? 그들이 원하는 것이 대체 무엇이기에?

"허어……."

"……."

안일지는 작은 한숨을, 호군웅은 거대한 살기로 답을 대신한다.

"굳이 고독을 사용했다는 것은 독곡을 이용해서 무언가 일을 벌이려 했다는 것이겠군요?"

"……본 방주도 그리 생각을 하네. 그러니 몇 년이고 시간을 들여 그런 일을 벌였던 것이겠지."

"……마교라. 허허. 독곡이 분열될 때가 아니었군요. 허허……."

"감히!"

당가를 피해서 독곡에 왔더니 이제는 마교라?

"흐으……."

호군웅은 살기로, 안일지는 허무함으로 대답을 하는 것에 비해 왕정은 한숨부터 나오기 시작했다.

당가에 복수할 생각은 하고 있었던 왕정이었으나, 마교의 일까지 벌어지기 시작하니 내심이 복잡할 수밖에 없었다.

'산 넘어 산이로구만……'

어째 무공을 익히고 나서부터는 무림에서 얽힐 수 있는 모든 것에 다 얽히고 있는 느낌이다.

무림맹, 공적, 당가, 사혈련, 마교, 끊임없는 대련, 독곡. 거기다 자신의 하나뿐인 가족이자 무림의 절대 고수였던 독존황까지.

한 사람이 일생에 하나도 관여되기 힘든 것들이 선물이라도 되는 듯 얽히고 또 얽히고 있었다.

'……그렇다고 피할 수도 없겠지.'

이미 관여가 되었다. 고독으로 공격을 받았고 은원이 생겼다. 또한 당가를 깨부수기 위해서라도 무림에는 나서야 했다.

어차피 가만있을 수는 없는 상황이다. 이렇든 저렇든 자신은 움직일 수밖에 없는 상황인 것이다.

사혼방주의 이어지는 말은 그에게 확신을 주었다.

"흘…… 고래로…… 사혼방에 남겨진 오랜 역사를 살펴보자면 독곡은 공격을 받고 쉬이 넘어간 적이 없었다네."

"하…… 애시당초 공격을 많이 받지 않기는 하였지요. 끽해야 중원의 정파 몇 정도의 공격이었지 않습니까?"

"그렇지요."

대를 이어가며 독인을 출현시키는 독곡. 그들을 눈엣가시로 여기는 중원 무림의 문파들은 여럿 있어왔다.

원한에 찬 그들은 힘을 모아 험지인 독곡을 몇 번 쳐들어오고는 했고, 그때마다 무슨 수를 쓰든 적을 깨부숴 왔던 독곡이다.

"아무리 마교라 하더라도 피할 이유는 없겠지요. 그렇지 않습니까, 안 장로?"

"당연한 이야깁니다."

그 성격이 호전적이지 않다 할 수 있는 안일지조차도 당연하다는 듯 고개를 끄덕인다.

"흠…… 모든 것을 바로잡아야겠지. 독곡이란 독곡다워야 하는 법이니……."

독곡다움이란 것이 무엇일까?

얼마 전까지만 하더라도 내부의 단속이 되지 않아 독막이 날뛰던 독곡이 과연 독곡다운 것일까?

모를 일이다. 다만 이들의 논리는 단순했다.

고독에 의해서 공격을 받았다. 고독을 이용하여 그들을 이용하려 했던 것이 분명했다.

사혼방은 덕분에 방주의 손으로 제자와 방원들을 죽여야 했다. 녹군과 독막에서는 고독에 당한 사람들을 치유하는 데 애를 써야 했다.

'……당했다면 당한 것이지.'

공격을 당했으니 그것을 갚아주어야 할 터.

굳이 중원 무림을 찾을 것도 없이, 무공을 익힌 자에게 있어서 공격을 받으면 막고 쳐내는 것은 당연한 이야기였다.

아주 단순한 논리.

그것에 의해서 사혼방에 있었던 많은 이야기들이 설명이 되었고, 또한 앞으로 해야 할 일이 결정되기 시작하였다.

그렇게.

'……휴우. 꼬이는군.'

왕정은 당가에 대한 개인의 복수와 더불어 마교라는 거대한 일에 같이 말려들어 가게 되었다.

第二章

은원보류(恩怨保留)

눈에는 눈, 이에는 이. 은원에 철저하다는 것은 무림인에게 있어서는 너무도 당연한 이야기다.

중원이든 독곡이든, 하물며 더욱 먼 세외라 해도 은원을 위해서는 목숨까지도 바치는 것이 무인이다.

혹자는 무를 통해서 도를 닦는다 말하고, 또 누군가는 정의를 위한다 말을 하지만 그 바탕은 순수한 '힘' 에 의해서 나뉘기에 더욱 그러한 것일 게다.

'힘이 있으니까…… 사용하고 싶은 거겠지.'

거창하게 포장을 할 필요도 없고, 남을 설득할 필요도 없다. 단순한 논리다.

그리고 그 논리에 왕정 또한 움직여야만 할 때다. 좋고 싫고가 상관이 없었다. 무림에 속해 무인이 되었으니 당연했다.

해서 왕정은 사정을 설명했다.

일독지문의 문주인 운민에게다. 아무리 사조의 위치에 있는 그라지만 문주인 운민의 권위를 위해서 허락을 구해야 했다.

고독을 당했었음을 말하고, 그 중간 사정을 말하였다. 노야로부터 들은 것인지 고독의 이야기가 나옴에도 운민은 놀라지 않았다.

다만 자신에게 말하지 않은 것에 대한 섭섭함은 잠시 표현했던 운민이다.

그 외에는 일독지문의 문주답게 차분하게, 또한 확실하게 왕정의 이야기를 들었으며 진지하게 고민하였다.

모든 설명이 끝이 나고 허락을 구한다.

"……해서 일독지문에서도 사람을 동원해서 움직여야 하겠지. 공격을 당한 것은 나 혼자긴 하지만, 우리라고 빠질 수는 없을 테니까."

"그렇겠지요. 당연한 이야기예요. 일독지문이라 해서 독곡의 행사에 완전히 빠질 수는 없지요."

근래에 들어서 무공을 찾았다.

성세를 끌어 올리고 있으나, 객관적으로 보자면 아직은 약하다 할 수 있는 일독지문이다.

독막, 녹군, 사혼방의 정리까지 한 왕정이 있음으로 인해서 강해 보일 뿐이지, 실제 전력이 높지만은 않다.

연독기공을 찾은 지 얼마 안 되어서다.

하지만 움직여야 한다. 운민의 말대로 일독지문이라고 하더라도 독곡의 행사에 빠질 수는 없는 것이다.

"그래. 그렇기야 하지. 하지만…… 상황이 이러니 최소한의 문파원들을 데려가야겠지. 그게 최선일 거야."

왕정은 자신의 말이 최선이라 생각했다. 여기서 무리를 해 보아야 남는 것이 없어 보였으니 당연한 이야기다.

'부족한 전력은 내가 애를 쓰면 되겠지.'

헌데 운민의 생각은 왕정과는 다른 듯했다. 아니, 정 반대로 생각을 하고 있는 듯했다.

"아뇨. 그래서는 안 돼요."

"안 된다고? 지금은 한창 성세를 끌어 올려야 할 때야. 물 들어왔을 때, 노를 저어야 하는 법이라고."

"맞는 말이기는 하죠. 하지만 그건 중원의 방식이죠. 독곡에서는 그리해서는 안 돼요."

"음?"

일단은 들어야 했다.

중원과 같으면서도 다른 독곡이지 않은가. 같은 일이지만 전혀 다른 결론이 당연한 이야기일 수도 있는 것이다.

또한 지금 자신에게 말을 하는 운민은 일독지문의 문주이지 않은가. 그녀의 이야기를 듣지 않을 이유가 없다.

"은원에서 도망을 갈 수는 없어요. 특히나…… 중원에서 독곡으로 도망쳐 온 자들이 만들다시피 한 우리 일독지문은 더더욱요."

"그래?"

일독지문의 뿌리에서부터 나오는 이야기인 건가.

"예. 녹군은 본래부터 독곡에서 머물던 자들이 대부분이죠. 그들은 본래부터 독에 저항력이 높은 자들이에요."

"그래서 독을 정복하려고 하지."

"예. 태생이 그러하니까요. 사혼방 또한 본래부터 있던 자들이 만든 거지요. 녹군은 독곡의 무를 대변한다면 사혼방은 정신을 대변하죠."

"이해해."

처음이라면 이해하지 못했을 거다.

하지만 세 번의 시험을 치르고, 독막을 사냥하기 위해 움직이고, 사혼방주에게 이야기를 들었던 지금이라면 이해할 수 있다.

독곡은 다들 하나로 통일이 되어 있으면서도 또한 둘로

나뉘어 있기도 하다. 본래부터 있던 자들과 새로 들어온 자들로 나뉜 셈이다.

그래서 작은 지역임에도 통합이 어려웠을지도 모른다.

"그렇다면 일독지문과 독막은 무엇을 대변할까요?"

"……음……."

본래 중원에 살던 자들이 독곡에 왔다. 위험천만하기만 한 독곡이다. 그곳에서 문파를 세운다는 것은 무엇을 대변하는 것일까.

무슨 정신을 중심으로 무공을 만들었고, 무엇을 목표로 하는 것일까?

왕정이 대답을 하지 않고 있자 운민이 먼저 답을 해 주었다.

"어려울 것도 없어요."

"어려울 게 없다고?"

"예. 간단하니까요. 오게 된 연유가 무엇이든 독곡으로 온 자들의 목적은 단 하나. 독공을 익히러 왔든, 도망을 쳐 왔든 하나의 목적만 남지요."

"알겠군."

알 것 같았다. 독곡에 온 자들이 가질 하나의 목적은.

"생존이죠. 살아남겠다는 것. 독을 이겨내든, 응용하든, 깨부수든 그 방법은 상관없이 모두 살아남기 위해서죠."

바로 생존이다. 살아남기 위함.

위험하기만 한 독곡에서는 지상최고의 명제였으리라. 그리고 그 정신은 이제는 독곡에 제법 적응을 한 지금에까지 이어져 왔을 게다.

"그런데 생존과…… 최선을 다해 나서야 한다는 것은 무슨 상관이죠?"

"단순한 논리잖아요? 후후. 살아남기 위해서 최선을 다한다."

"그것 가지고는 부족한데?"

살아남기 위해서 최선을 다하는 것은 좋다. 다만 은원을 갚기 위해서 모두가 나서는 것이 과연 생존을 위해서 최선을 다하는 일일까?

'아니다.'

절대 그럴 리가 없었다. 생존을 위해서는 되려, 은원에 의해 나서기만 하는 것보다는 몸을 사리는 게 나을 수가 있었다.

몸을 보중하는 것이 곧 생존과 가장 가까워지는 일이니까.

헌데 운민의 생각은 다른 듯했다.

"아뇨. 충분해요. 최선을 보여야 해요."

"어째서? 그건 생존과는 다른 문제인 거 같은데."

"그래야만 얕보이지 않는 거죠. 얕보이게 되면 흩어지게 되고, 흩어지면 죽어요. 그게 오랜 시간 독곡에 있으면서 일독지문이 배운 바죠."

"……궤변일 수도 있는 거 알지?"

"예."

궤변이라 말을 하는데도 당당하다. 그 이상으로 당당할 수 없을 만큼 운민은 어깨를 활짝 펴고 당당함을 말하고 있었다.

대체?

"하지만 사람이란 때로 궤변에 목숨을 걸기도 하지요. 그게 삶의 방식이라면요."

"……하."

"은원에 최선을 다하는 것. 그것이 생존을 위함인 것이라 생각하는 것. 그게 일독지문의 정신인 거예요."

"말도 안 된다고."

"예. 후후. 그래도 나서야지요. 그래야만 일독지문이니까요."

어리석은 면일지도 모른다. 궤변인 것을 알기도 한다. 하지만 그럼에도 나설 수밖에 없다.

그것이 무인이기도 하고, 무인들이 모인 문파의 정신이기도 하다.

그 어리석음에 때로 뭇 사내들의 피를 끓어오르게도 하는 것이 무림이라는 세계이지 않은가.

'그런 무림에 이미 발을 들이다 못해서 몸을 아예 담가버렸지…….'

그곳에 발을 들였으니 그곳의 법도에 맞게 움직여야 하는 것이 맞을 터. 그것이 문파의 정신이고 문주인 그녀가 말하는 것이라면 따르는 것이 맞았다.

결국 왕정은 인정을 할 수밖에 없었다.

"좋아. 좋다고. 문파 내부의 문파원들까지는 나도 잘 모르니까…… 최선을 다해서 꾸려줘."

"예!"

일독지문이 가장 먼저 결집하기 시작했다.

* * *

독막. 왕정이 오기 이전에는 독곡에서 가장 큰 성세를 자랑하던 문파다.

비록 왕정에게 패배를 하였으나, 성세가 예전만 못한 것뿐이다. 여전히 독곡의 사대 문파라는 소리다.

그곳의 중심.

독곡의 문주인 운마군은 그답지 않게 침상에서 신세를 지고 있었다. 왕정이 벌였던 사냥 덕이다.

아무리 무공을 익힌 몸이라지만, 내상이 있어 족히 몇 년은 정양을 해야 예전의 무위를 찾을 수 있을 터다.

거기에 더해 그 이상의 무위로 가기 위해서는 상상치도 못할 고련이 필요할 게 뻔했다.

범인(凡人)이라면 상상 그 이상의 고련이 앞날에 펼쳐진 바 절망을 했을지도 모른다.

허나 그는 여전히 오만했고, 자신감에 가득 찼다. 침상에서 신세를 지는 자라기에는 전혀 어울리지 않는 태도였다.

그의 앞에 있는 친우.

지금은 문주를 대리하고는 있으나, 언제고 자신에게 온전히 자리를 넘겨줄 안일지를 믿고 있는 덕분이다.

마찰이 있고, 갈등이 있을지언정 절대로 깨지지 않을 사이라 믿고 있는 것이다.

"몸은 괜찮은가?"

"덕분에…… 흐. 일지, 자네가 잘 치료를 해 준 덕이겠지."

저 멀리 동이에서는 말 한마디로 천 냥 빚을 갚는다 하지 않던가.

운마군답지 않은 말이지만 '덕분에' 라는 말 덕에 안일지의 표정이 조금은 풀어진다.

"어울리지도 않는 칭찬을 하는구먼. 부상을 입은 대신에 정신을 차린 건가보이?"

"흘…… 정신은 무슨…… 본래부터 온전한 정신이었네.

다만 무력이 부족했을 따름이지."

"자존심이 바뀌었나 했더니, 여전하구먼? 하하."

"그게 나다운 것이겠지. 그나저나 무슨 일인가? 사혼방의 일은 정리가 된 것이고?"

"정리라……."

안일지는 어디까지나 문주 대리다. 비록 패배한 운마군일지언정 그는 여전히 독막의 문주인 것이다.

그렇기에 그는 지금까지 무슨 일이 벌어졌는지를 알았다. 아니 안일지로부터 들어왔다. 그게 그에게는 당연한 일이었다.

"이제 정리를 해야 할 참이겠지. 사혼방주에게서 들었다네. 마교가 사혼방에 잠입을 했었다더군. 아니, 정확히는 계략을 사용했다고 해야 할까? 첫째 제자가 넘어갔었다더군."

"그래? 마교라…… 그것도 사혼방주의 첫째 제자가? 흘…… 인재인 줄 알았거늘……."

"셋째에 밀리고 있다는 소문이 알게 모르게 있지 않았던가. 질투란 때로 이성을 잃게 만드는 법이지."

"큭. 질투가 이성을 잃게 한다라. 나 들으라고 하는 소리 같군?"

"허허. 들켰는가?"

적당히 농을 주고받음에도, 둘의 눈은 반짝 빛나고 있었다. 작금의 상황에서 어찌 움직여야 할지를 계산하고 있는 것이다.

"마교. 마교라. 집안싸움을 하는 데 끼어들다니…… 재미있군."

"독곡에 집안싸움을 제대로 일으킨 그대가 할 말은 아니네만?"

"그렇기야 하지. 하지만 어디까지나 집안일은 집 안에서 처리되어야 하는 것 아니겠는가. 감히 그들이 낄 일은 아니지."

독곡의 일은 독곡의 내부에서 끝내야 했다.

그것이 치고 박고 싸우는 것이든, 서로의 무력을 두고 대결을 하는 것이든 상관없었다.

그 모든 것이 독곡의 사람들에 의해서 이루어지면 되었다. 독곡의 일통을 꿈꾸는 운마군으로서도 그건 당연한 이야기였다.

외부의 인사를 끌어들여서 독곡을 통일하자고 했다면 진즉에 독곡을 통일하고도 남았으리라.

헌데 감히 외부의 인사가 끼어들다니?

그냥 넘어가기에는 독곡의 사람으로서 자존심이 허락할 리가 없지 않는가. 허락 이전에 용서를 할 수 없었다.

"이래저래 같이 움직여야 하겠군?"

운마군은 일독지문을 말함이다. 그 말에 안일지가 고개

를 끄덕인다.

"당연한 이야기가 아닌가. 그대가 원하던 독곡의 통일이라면 통일인 셈이지. 오랜만에 같이 움직이는 셈이니까."

"흐…… 문주 대리를 하더니 농만 늘었군."

"칭찬으로 듣겠네."

"자네가 그리 능글맞은지는 오늘 처음 알았다네."

모든 일이 매듭이 지어져서일까?

어찌 되었든 간에 일독지문으로부터 크게 한방을 먹었으니 적어도 운마군의 대에서는 독곡을 일통하겠다 나설 수 없었다.

그 때문인지 무언가 한 시름을 덜어 놓은 듯, 아니 하나의 큰 짐을 벗어던진 듯 홀가분해 보이는 둘이었다.

그러니 이렇게 친우로서 농을 던질 수도 있는 것일 게다.

"뭐…… 답은 정해져 있겠군. 설사 내가 부상을 입지 않았다 하더라도 결과는 하나가 아닌가?"

"그러네. 나가야겠지."

"아무렴! 우리 독곡이 공격을 받았는데 물러날 수는 없는 일이지!"

그들의 독곡이다. 모든 것은 그들 내부에서 결정이 나야 했다. 그러니 그런 그들을 공격한 자들을 허락할 수는 없는 터.

결국 답은 정해져 있는 것이다.

"사람을 추리겠네."

"정예로! 아니지. 차라리 그대가 가보는 것이 좋겠어. 우리의 일을 중원에서 온 녀석한테만 맡길 수는 없잖은가?"

"괜찮겠는가?"

부상 중에 있는 운마군이다. 문주 대리를 맡고 있는 자신이 나가서야 문주의 자리가 흔들릴 수도 있는 법이다.

낮은 확률이지만 아주 없는 확률도 아니었다. 하지만 운마군의 표정은 여전히 자신만만했다.

"흠…… 자네가 없어도 내 자리 정도는 지킬 수 있네. 정 안 되면 노(老) 장로들도 있잖은가?"

"그대가 그렇게까지 말한다면야…… 알겠네."

오랜만에 두 친우의 의견이 하나로 통일되었다.

독막 또한 독곡 내부의 모든 은원은 잠시 보류한 채로 함께 움직였다.

*　　*　　*

"네가 가는 것이 좋겠구나."

"저로 되겠습니까?"

호군웅의 말에 호일운이 반문을 한다.

호일운의 자신감이 죽어 있는 것은 아니다. 그는 나이에 비해서 강했으며, 앞으로도 강해질 여지가 충분했다.

허나 독막이나 일독지문에서 보낼 다른 이들에 비해서 뒤떨어지는 것은 사실이다.

왕정이나 안일지에 비해서는 연륜도 실력도 뒤처졌다. 언제고 따라잡을 생각은 있으나 여전히 아직이다.

그런데 독곡의 행사에 자신이 나서라니?

일개의 무인으로 나서는 것이라면 모를까, 녹군을 대표해서 나서기에는 자신의 실력은 아직 부족했다.

"안 될 것이 무엇이더냐?"

"아직 부족합니다. 아시잖습니까?"

자신의 부족함을 인정한다.

자신감이 없으면 하지 못할 일이다. 그걸 알기에 호군웅이 만족스러운 눈빛으로 호탕하게 웃어 보인다.

"하하. 녀석!"

아들의 모습이 마음에 드는 것이다.

"그래도 가야만 한다. 네가 가는 것이 가장 이상적이니까."

"흐음……."

과연 괜찮은 것일까? 자신이 가는 것이 녹군으로서 최선을 다한다고 할 수 있는 것일까?

호일운의 머리에서는 여전히 물음표가 그려졌다.

"무작정 가라는 것이 아니다."

"달리 방도가 있으신 겁니까? 알려주시지요."

"아무 생각 없이 아들을 사지에 보내겠더냐? 독곡의 사람들이 준비를 하고 움직이는데 못해도 한 달은 걸릴 터다. 그렇지 않더냐?"

"예. 사람이 모이고, 그들을 인솔할 자들을 꾸려야 하니…… 그렇겠지요."

중원에 비해 격식이 없다시피 한 독곡이다. 어지간한 일들은 중원에 비해서 일사천리로 이뤄지고는 한다.

하지만 지금은 준비해야 할 바가 많았다.

운마군을 몰이 사냥할 때처럼 사냥할 때가 아니라, 독곡이 실로 오랜시간 만에 하나로 움직이는 것이니 당연하다.

"그래. 그 시간 동안 가만있을 생각이었더냐?"

"아버지. 설마 한 달이라는 시간 만에 경지를 올리기라도 하라는 것입니까?"

"못 할 것이 또 무엇이더냐?"

"말도 안 되는 소립니다!"

한 달 만에 무공의 경지를 올리다니.

삼류에서 일류로 가는 것은 된다. 문파에서 전폭적인 지원을 한다면 이류에서 일류도 될 것이다.

하지만 이미 절정을 넘은 호일운에게 그게 될까? 안 된다! 될 리가 없잖은가.

그 사실을 아버지인 호군웅이 모를 리가 없었다. 그럼에도 그는 여전히 자신만만한 표정을 짓고 있었다.

"하하. 보통은 말이 안 되겠지. 하지만 말이다. 다 수가 있는 법이다. 다만 조금 많이…… 힘들지도 모르지."

호군웅 자신 또한 겪었던 방법을 사용하는 것인가? 무슨 이유에선지 몰라도 괜스레 몸을 잘게 떨어 보이는 호군웅이었다.

근거 없어 보이는 아비의 자신감에 호일운은 당황한 기색을 보였다.

"대체 무슨……."

"믿고 따라 오거라. 다 수가 있으니!"

그런 그에게 호군웅이 여전히 자신감 넘치는 어조로 아들을 어디론가 이끌고 들어간다.

녹군의 구궁심처.

현 대의 문주인 호군웅의 거처보다도 더욱 깊숙한 곳. 녹군의 전설이 있는 그곳에 부자의 걸음이 닿았다.

* * *

중원과 독곡의 경계. 많은 이들이 알지 못할 곳. 그곳에 독곡의 사람들이 아닌 다른 이들이 있다면 믿을 수 있겠는가?

독곡의 사람들은 말도 안 된다 고개를 저을게다.

독물들이 흘러넘치는 독곡에서 외부인들이 살아남는다는 것은 불가능에 가까운 일이다. 하루 이틀이면 모를까. 될 리가 없었다.

헌데 이들은 너무도 자연스럽게 독곡의 끄트머리를 지키고 있었다.

“실패다.”

“실패? 고독이 실패할 리가 없지 않은가?”

“……경계 대상으로 삼았던 그놈이 독곡으로 흘러들어갔던 듯하다.”

“하. 놈의 독공의 본류가 독곡이었을지도 모른다는 말이 사실인 듯하군.”

“그럴지도 모르지.”

그들은 한 지역을 맡아 계획을 집행하는 자들이다. 아랫것들에 비해서 아는 것이 자연 많을 수밖에 없었다.

그러니 자신들만의 판단을 할 만한 정보도 있는 게다.

사내 중에 하나가 침중한 얼굴로 말한다.

“첫 실패인가?”

“어차피 계획의 일부 중에 하나였다. 실행되었으면 좋았으나…… 안 되었다면 어쩔 수 없는 일이었지 않은가.”

“하. 본교는 그게 문제지 않은가? 차라리 계획 하나에 집중을 했으면 그게 더 나을지도 모를 일을…….”

“아직도 그때의 방안에 집착을 하는가?”

“본교 사람이라면 당연한 일이지 않은가. 강자독식! 오직 무력이 모든 것을 말해 주어야지. 그것이 우리 나름의 방식이고.”

“그래서야 본교의 희생이 너무 많겠지. 조금만 참게나. 이제 곧 움직일 날도 얼마 안 남았다고 하니…….”

“후우. 가세.”

그들이 독곡의 경계를 넘어 서장 어디론가로 움직이기 시작한다. 그들에게 처음 안겨지는 실패였다.

第三章

인중독(人蚛毒)

"사, 살려주세요."

양비는 화전민촌의 작은 아이였다. 이제 열 살 남짓이나 되었을까.

위로 넷이나 있는 형제들 때문에 딸이 가지고 싶었던 부모는 아들답지 않게 여아의 이름을 붙여줬다.

덕분에 같은 형제, 또래로부터 놀림을 당하곤 했지만 나쁜 삶은 아니었다.

되려 좋다고도 할 수 있었다. 무지막지하게 소작료를 거둬가던 그때에 비해서는 좋은 삶이었다.

적어도 배를 굶주리는 날이 반으로 줄기는 했으니까.

가끔 가다 가까이 있던 사천의 내강현이라도 가면 그날은 세상 최고의 추억이 남겨지던 날일 정도였다.

소박하지만 행복한 생활.

열 살이라는 어린 나이이지만, 자신의 삶에 주어지는 행복을 느낄 줄 아는 착한 아이가 양비였다.

그런 아이가 쉼 없이 울고 있었다.

"죽고 싶으냐?"

"크흡……."

아니, 죽고 싶냐는 단 한마디에 서럽기만 한 울음을 그칠 수밖에 없었다. 자신은 약자였고, 그는 강자였다.

자신의 아비, 어미도 쉬이 죽여버리던 강자.

한 달에 한 번 마을을 들러 맛있는 당과를 주고 하던 아저씨가 이런 모습으로 변할 줄은 예상도 못 했다.

아비를 죽였고, 어미를 죽였으며, 형제들을 죽였다.

보자마자 단칼에 죽였냐고?

그럴 리가. 차라리 그랬더라면 나았을지도 모른다. 적어도 이곳이 지옥이라 말하지 않았을지도 몰랐다.

어디서 데려왔는지 몰라도, 그는 평소 같이 하던 거간꾼들보다도 많은 사람들을 데려왔다. 못해도 오십은 되 보였다.

오십이 겨우 넘는 마을 사람들만큼 사람을 데려온 것이다.

"모두 잡아들여!"

"옛!"

하나라도 된 듯 움직이는 그들은 마을에서 제일가는 장사라고 하는 관 아저씨보다도 더 거대했다.

아니, 거대하게 보였다. 탄탄했고, 빨랐다. 그래. 현에 가면 가끔 가다 듣는 그런 존재들이었다.

'무인…….'

양민들은 감히 쳐다보지도 못하는, 양민들은 단 한 칼에 수백을 죽일 수도 있다는 무인이었다.

그런 무인들이 이 작은 마을에 오십이나 와서 사람들을 잡아들이기 시작했다.

"사, 살려주세요."

"아악!"

무인들이 들이닥치기 시작하니 그저 빌 수밖에.

마을 사람들은 도망갈 수도 없었다. 일대일로 달려드는 무인을 양민이 이길 수가 없으니 당연했다.

마을 사람 전부가 잡히는 것이 일다경도 걸리지 않을 정도였다.

장 아저씨. 왕 씨. 이제 막 신혼이 된 유 아저씨에 또래의 친구들까지. 모두가 잡혔다.

그들은 미리 조사라도 한 것인지 마을 사람들 중 단 한 사람도 놓치지 않았다. 관군을 대비하여 미리 준비한 대피처도 소용이 없을 정도였다.

그러고는 마을 사람들을 끌고 온 곳이 이곳이다.

빛이라곤 작은 창 사이로 들어오는 것이 다인 곳. 아무리 고함을 쳐도 사람들을 구하러 오지 않는 곳.

조금만 잘못을 해도 매질을 당하는 그런 곳에 갇힌 것이다.

그곳에서 그들은 실험을 당했다. 아니, 사람으로서 당하지 못할 짓을 당했다.

째고, 자르고, 붙이고.

사람이 사람에게 하지 못할 그런 일을 했다. 촌무지렁이인 양비로서도 하면 안 된다고 알고 있는 금기들을 저질렀다.

창 사이로 지나간 낮과 밤이 얼마나 지나갔을까?

배움이 없다시피 한 양비로서는 몇 밤을 세다가 포기를 한 날이 지나갔을 때. 처음 보는 얼굴이 들어왔다.

"오셨습니까?"

사내였다. 젊은 사내. 무시무시한 아저씨마저도 절로 고개를 숙이게 하는 사내가 처음 이곳에 들어온 것이다.

"사, 살려……."

살려 달라 말을 하려던 양비는 무미건조해 보이는 눈빛

을 하고 있는 젊은 사내를 보고는 이내 말하기를 포기했다.

능력이 있다고 하더라도 자신을 살려줄 리가 없는 것을 본능적으로 읽은 것이다.

"준비는?"

"착실히 되고 있습니다."

"저 아이인가?"

"예!"

젊은 사내가 자신에게 다가와서는 품평을 하듯 바라본다.

머리끝에서 발끝까지.

그 눈빛이 지나갈 때마다 섬뜩한 느낌이 들며, 몸을 벌벌 떨게 되는 양비였다. 섬뜩함에 이내 오줌을 지릴 정도였다.

누런 물이 질질 하고 흘러내리자 사내가 인상을 찡그린다.

"하품인가?"

"그럴 리가 있겠습니까? 상품입니다."

"흐음…… 그런데 저건 뭔가?"

"옥체를 보았으니 겁을 먹은 겝니다. 오늘 아침에도 확인을 한 녀석이니 문제는 없습니다."

"그 정도까지 장담을 한다면야…… 흐음……."

젊은 사내가 무서운 아저씨를 가만 바라본다.

자신이 섬뜩함을 느끼듯 무서운 아저씨도 섬뜩함을 느

끼는 것인지 조금이지만 몸을 부르르 떨었다.

"좋네. 열흘 이내로 준비를 하지. 슬슬 인중독을 얻을 때가 되지 않았는가?"

허락을 받은 것에 안도의 숨을 내쉰다.

"후읍…… 차질 없이 준비하도록 하겠습니다!"

"그래. 그래야지."

인중독.

핏줄을 죽여, 미치면서도 동시에 미치지 않게 만들어 얻는 독. 사람이되 사람이 아닌 독물 그 자체를 만들어 내는 금기(禁忌)의 독.

있어서는 안 될 인중독이 당가의 한복판에 만들어지고 있었다.

"좋군. 후후."

자신의 잔인함을 모르는 것인지 웃음 지으며 아비인 당가주를 보러가는 당이운이었다.

* * *

"왔느냐?"

"예. 데리고 왔습니다."

"흘…… 그래."

천독파공(千毒破功)의 창시자.

호일상.

녹군의 전전대 문주이자, 당연하지만 호일운이나 현재의 문주 호군웅과는 핏줄이 이어진 자이기도 했다.

무려 전전대라 말함은 그의 세수가 백 세는 넘었다는 것을 의미하는 터.

그럼에도 그는 중원에 있는 수많은 촌로처럼 정정했다. 굳이 특이한 점을 찾자면 무인임에도 보통 사람처럼 보인다는 정도일까?

'……기의 갈무리 수준이 아니잖은가.'

무공을 창시했다 알려진 호일상이다. 무공을 익히지 않았을 리가 없다.

증조할아버지뻘임에도 정정하다. 그럼에도 기가 느껴지지 않는다는 것은 단 하나를 의미했다.

'노화순청을 넘어 반박귀진. 어쩌면 그 이상.'

무공을 끝자락을 보려 문주직을 일찍 넘겼다고 전해 들었지만, 상상 이상의 경지이지 않는가.

절대고수다. 그가 나섰다면 운마군이 바라던 독곡의 통합은 진즉에 해결됐을지도 모를 일이다.

안타깝게도 그 주인공은 독막이 아닌 녹군이 되겠지만 말이다.

그가 세상사에 초탈하여 오직 무공에만 집착을 하는 것이, 독막이나 일독지문으로서는 다행이랄 수밖에 없을 정도였다.

"흐음……."

호일상이 증손자인 호일운을 가만 바라본다.

한순간이었지만, 몸 전체가 읽혀지는 듯한 느낌을 받은 호일운이다.

또한 실제로 그런 일이 일어나기도 하였다.

"상이구나. 아니 최상이야. 소싯적을 보는 듯하군."

"가, 감사합니다!"

자신의 소싯적과 비교를 해 주다니. 천재라고 불리는 호일상이 해 줄 수 있는 최고의 칭찬이다.

"저 정도인데도 부족하다고?"

"이미 말씀드렸듯이, 독인시험에서도 탈락했습니다."

아버지인 호군웅의 대답에 괜스레 민망해지는 호일운이다.

"……."

자랑스럽기만 한 조상이지 않은가. 살아 숨쉬는 전설이고.

무를 숭상하며, 그가 만든 천독파공(千毒破功)을 익히고 있는 호일운이다. 그런 전설 앞에서 자신의 패배를 말하는 것 자체가 죄스러울 수밖에 없었다.

"패배라…… 패배. 흐음……."

"죄송합니다."

"실로 오랜만에 독인 선출이었지 않더냐?"

"그렇습니다. 사실 이 아이 정도면 제가 나서지 않아도 우승을 할지도 모른다 생각했습니다."

자세한 것은 미리 파악하지 않고 있었던가. 아니면 재차 확인을 하기 위함인가.

호일상이 계속해서 물었다.

"누구한테 졌더냐?"

"독막의 문주입니다. 저랑 같은 대이기는 합니다."

"죄송합니다. 제가 천독파공의 경지가 낮아……."

"되었다."

호일상은 아직은 자신의 손주 호군웅과 대화를 나누고 싶은 듯했다.

"그렇다면 이번 대의 독인은 독막의 문주이더냐?"

"아닙니다."

"허어. 그럼 적어도 이 아이를 꺾은 자가 둘이구나?"

"그렇습니다. 독막의 문주는 일독지문의 새로운 고수에게 패배를 했습니다. 중원에서 온 자지요."

"중원? 허허. 재미있구나. 자세히 이야기를 해 보거라."

자신의 증조부에게서 무공의 경지를 끌어올리고자 했던 호일운이다. 그런 호일운을 대신하여 왕정에게 잠시 관심을 가지게 된 호일상.

과연 이것이 어떤 결과로 이어질지는 모르나, 어쩌면 왕정으로서는 빠르게 다시 독곡을 벗어나야 할지도 모를 일이었다.

여자 이외의 관심에는 곱게 끝이 난 적이 없던 왕정이니까.

*　　*　　*

"허어…… 옥이가 아닌 네가 나설 줄은 몰랐구나?"

"그렇습니까?"

첫째 순자겸을 자신의 손으로 베어 버린 사혼방주다.

제자뿐만이 아니다. 방주에게만 전해지는 무공으로 마교에 협조하는 사혼방원들을 모두 자신의 손으로 벤 그다.

자애로운 웃음을 짓고 있으나, 방주로서의 의무에는 독하게도 손을 쓰는 그인 것이다.

그러나 사혼방에 충실하기만 한 제자들에게는 그도 어쩔 수 없음인지, 전에 짓던 자애로운 표정을 짓고 있었다.

"첫째가 그리 갔으니…… 둘째인 너에게 방주의 시험을 보게 하려 했다. 이 스승도 이제는 늙지 않았더냐?"

"아시잖습니까? 저는 방주의 자리에는 뜻이 없습니다."

"허허…… 그랬지. 모두가 욕심을 가지기도 하는 자리이거늘…… 너는 욕심이 없었다."

"예. 그랬지요."

수더분한 성격의 둘째 진자운이다.

주변에 신경을 그리 쓰지 않는 것도 특징인 그였다. 첫째가 셋째를 괴롭힐 때에도 그는 자신의 수련에만 몰두를 하고 있을 정도였다.

그가 관심을 두는 것은 오직 자신의 관심사뿐.

독, 무공, 주문.

그 세 가지가 그가 가지고 있는 관심사들의 핵심이다. 사혼방이든 독곡이든 외부에 무슨 일이 있든 간에 그는 오직 그 셋에만 집중했다.

그런 진자운이니만치, 평소 스승인 방주에게 의견을 표출하는 일이 거의 없었다.

헌데 이번만은 완고했다.

"그런데도 이번 일에 나서려는 것은 무슨 이유더냐? 네 생각으로 위험한 길이다."

"위험한 길에 셋째를 보내려고 하셨습니까? 제가 가는 것이 낫지요."

"그게 이유가 될 수는 없다. 알지 않느냐?"

"솔직히 말해서 알고 싶을 따름입니다."

"무엇이?"

"저 일독지문의 중원인이 중원에 대한 궁금증을 주더군요."

"그렇더냐?"

"예. 중원에서 독공을 익혀 독곡의 독인들을 꺾은 자. 꽤나 흥미로운 이야기지 않습니까?"

"허허……."

대체 무엇이 제자를 자극한 것일까.

'셋째가 방주를 잇는 것도 나쁜 일은 아니다. 본래부터 그 아이가 될지도 몰랐으니까…….'

본래부터 방에서 활동을 거의 하지 않던 둘째이니, 그가 사혼방을 잠시 떠난다 해서 방에 빈자리가 생기지는 않을 게다.

그럼에도 섭섭함이 드는 것은 스승으로서 가지는 자연스러운 감정이었다.

"오래 보지 못하겠구나."

"하하. 그렇다고 섭섭해하실 스승님도 아니잖습니까? 아니, 섭섭해하실 시간도 없지요. 하실 일이 많으실 겁니다."

"……그렇지."

안 그래도 수가 적은 사혼방이다.

그 사혼방에서 반수 정도가 자신의 손에 죽었다. 마교

에 협조를 하였으니 당연한 일이었다.

덕분에 사혼방주로서는 할 일이 많아졌다.

새로운 사혼방의 방원들도 모아야 했고, 독곡 안에서 벌어지는 관혼상제와 관련해서도 직접 몸으로 뛰어야 할 상황이었다.

제자의 말대로 섭섭해할 겨를조차 없을지도 몰랐다.

그래도 자신은 스승이었으며, 아버지처럼 제자들을 키웠다 자부했다. 그렇기에.

"그래도 이 스승이 어떻게 섭섭해하지 않을 수가 있단 말이냐."

"하하……."

어색하게 웃어 보이는 진자운이다.

수더분한 성격을 가진 그로서도 사혼방주의 직접적인 표현에는 부끄러움을 느끼는 듯했다.

"이리와 보거라."

"어엇. 스승님…… 이런 건 어릴 적에나……."

"되었다."

무공에도 관심이 있는 진자운은 비록 낮은 수준이나 무공을 익히고는 있었다.

허나 스승에게 손을 쓸 수는 없었으니, 다가오는 사혼방주의 품을 막지는 못한 진자운이었다.

사혼방주는 어린아이를 안은 듯 등을 다독이며 말했다.

"잘 다녀오거라. 네 재기라면 잘 할 수 있을게다. 독곡의 사람들을 지켜주거라."

"하하. 제가 되려 보호를 받아야 할지도 모르지요. 짐이 될지도요."

"그럴 리가……."

조심스레 품에서 나온 진자운이 자신의 스승인 방주에게 절을 올리기 시작한다.

한번. 두 번. 세 번. 그리고…… 아홉.

구배지례다. 제자가 스승에게 올릴 수 있는 최고의 예. 독곡에는 없는 절도 높은 예의 방식이다.

"제가 나아갈 중원에서는 이렇게 한다지요? 이 독곡에서는 이런 표현이 없으니…… 중원의 것을 잠시 빌렸습니다. 괜찮겠지요?"

"허허. 요즘 들어 독곡에 중원의 것이 너무 유행하는 듯하구나. 하지만……."

둘의 눈이 마주친다. 스승으로서, 제자로서 보일 수 있는 최상의 애정을 가진 눈들이었다.

"좋구나."

"……예."

"다녀오거라. 이 늙은 스승은 해야 할 일이 있으니……

안 그래도 녹군에서 찾기도 하더구나."

"녹군이라. 시간이 걸리시겠군요. 그럼 먼저 들어가서 준비를 하고 있겠습니다."

"그러려무나."

*　　　*　　　*

전염되듯 결정이 이어진다.

어쩌면 혼란으로 가득 채워지고 있는 중원의 상황이 결정을 하고 행동하기를 강요하고 있는지도 몰랐다.

난세란 자연스레 영웅을 불러 모으는 때이니까.

정의방.

문파라고 하기에는 규모가 작으나 그 정신만큼은 중원을 정의로 가득 채울 수 있는 자들이 모인 곳.

오래된 세월이 주는 고풍스러움보다는 급조된 투박함으로 가득 채워진 수련동 안에서 멀거니 서 있던 사내가 고개를 돌렸다.

"……방의 사람들을 모두 모아주게나."

"예!"

정파의 정신을 표방한다는 그곳의 장이라 할 수 있는

자. 무림맹에서는 흑무라 불리던 자. 정우. 그였다.

일각이나 걸렸을까?

무려 오백이 다 되는 사람이 모이건만 그 시간은 오래 걸리지 않았다.

무공의 수련. 오직 그것에 매진해 왔던 정의방 사람들이기에 모두 정우의 가까이에서 수련을 하고 있었던 덕분이다.

물론 폐관 수련을 하고 있는 이화나, 자금을 끌어 모으기 위해서 움직이는 철아영, 따로 움직이고 있는 제갈혜미는 자리하지 못했다.

허나 그것으로도 충분했다.

"모두 모였습니다."

"후우……."

지금 이곳은 그가 오랫동안 유보해 왔던 결정을 설파하는 자리지, 허락을 받기 위한 자리는 아니기 때문.

이화, 철아영, 제갈혜미가 듣지 못한다고 하더라도 충분했다. 그들 또한 자신의 뜻을 따라줄 사람들이니까.

'쯧…… 왕정 그 녀석 때문에 여럿이 변했군.'

사람들을 바라보며 자신의 결심을 말하려고 보니 깨닫는 바가 있었다.

사냥꾼이었다는 녀석의 작은 날갯짓치고는 참으로 많은 변화를 주지 않았나 하는 깨달음이 문득 든 것이다.

'잡생각은 나중에…….'

크게 헛기침을 한 번 하고는 오직 자신만을 바라보고 있는 정의방의 사람들을 바라본다.

"……."

그들은 격렬한 수련 덕분에 다들 지친 기색이 역력하지만, 오롯이 자신만을 바라보며 입이 열리기를 기다리고 있었다.

정파의 정신에 들어맞는 것이라면!

그들의 정의를 지킬 수 있는 방법이라면 그들은 정우의 결정이 무엇이든 따라줄 것이 분명했다.

그런 자들이 모인 것이 정의방이니까.

"협을 말하고 정의를 부르짖던 정파에 근래 많은 일들이 있었습니다. 사혈련과의 국지전 정도야 우습지도 않을 만큼 말이지요."

"……그랬지요."

왕정의 의방에 파견무사로 있던 이환이 정우의 말에 작게 중얼거린다.

워낙 작은 목소리였기에 정우의 귀까지는 닿지 않았지만, 그와 함께 정의방으로 온 아칠에게는 분명 들리었다.

변해 버린 정파. 아니, 위에서부터 썩어버린 정파.

그 곪아터짐이 아래에까지 내려왔기에 정파로부터 실망감을 느꼈던 그들이다.

아래에 있을지언정 그들 자신만큼은 순수하였기에, 모든 것을 버리고 정의방으로 올 수 있었으리라.

말이 이어졌다.

"하지만 고작해야 그런 일들은 작은 일이지요. 사혈련이 사라져도…… 또 다른 제이의 사혈련이 생기겠지요. 그리고 정파는 제이의 사혈련을 무너트리기 위해 움직이는 것이 자연스러운 수순입니다. 그게…… 무림이 돌아가는 생리지요."

무림의 생리. 옳은 말이다.

자조적인 웃음을 지으며 정우가 다시금 말을 이어간다.

"그런데 그 생리가 무너진 듯합니다. 하하. 오래 이어지는 듯한 평화가 정파마저도 썩게 했지요. 바꿀 수 없다고 여겼습니다. 그래서 환멸을 느꼈지요. 어쩌면 우리는 도망치듯 이곳에 모인 것일지도 모릅니다."

"그렇지 않습니다!"

누군가 정우의 말에 반발을 한다.

자신들이 도망쳤다는 것에 대한 반발일 거다. 자신들은 도망친 것이 아니었다. 다만 썩어버린 무림맹에 실망을 느겼을 뿐이었다.

정의로움. 그것을 실행하기 위해서 움직여야 했을 뿐이다. 정의를 올곧게 실현하기 위해서!

그런데 도망이라니. 말도 안 되는 소리다. 자신들이 정의방으로 오는 것을 도망이라 말하는 것은 정우로서도 하지 말아야 할 말이었다.

허나 정우는 완고했다.

"아니요! 도망이었습니다! 아무리 썩어버린 무림맹이라 할지라도 안에서, 그리고 아래에서부터 바꿔야 했을지도 몰랐습니다."

"힘이 부족하지 않았습니까?"

"아니요. 그렇지 않습니다. 힘도, 상황도, 직위도 모두 핑계일지도 모릅니다. 우리는 어쩌면…… 안에서부터 무림맹을 정화하는 것이 가장 어려운 일이기에 도망을 온 것일지도 모릅니다."

그렇게도 생각할 수 있는 것인가?

자신이 하는 일, 수련, 정의방에 가입하는 것. 그 모든 것들이 부정되는 듯한 말이지 않은가.

지금까지의 모든 일이 도망이었다면 자신들이 지금껏 해 왔던 일은 무엇이란 말인가? 아무리 정우의 발언이라 해도 인정을 할 수 없었다.

"하지만! 한번 도망을 쳤다 해서 계속 도망칠 수는 없지 않습니까? 이제는 더 댈 핑계도 없습니다. 직위도, 힘도, 무엇도 없지요!"

"……."

대체 무얼 말하고 싶음일까? 이제는 반발이 아닌 물음표가 그려진다.

"그러니 다시 무림으로 갑시다! 더는 숨지 말고! 더는 정파가 썩었다는 핑계를 대지 말고! 힘이 부족하다는 핑계는 더더욱 말하지 않고! 갑시다! 정파를 정화하고 나아가서는 무림을 위해서!"

정우의 말은 누군가에게는 가식일지도 모른다.

일독지문의 문주 운민이 그러했듯 궤변을 말하는 것일지도 모른다.

허나 궤변이면 어떠한가. 누군가에게 와 닿지 않는 가식이면 또 어떠한가. 진심으로 정우 자신이 그리 생각하는 것이 중요하지 않는가?

'정의를 행하다.'

그 하나만을 위해서 움직이는 것에 궤변이든 가식이든 무슨 상관이랴.

진심이 전해지면 되는 것이다.

"와아아아아!"

"갑시다! 까짓것. 죽이 되든 밥이 되든!"

"그래. 이거지!"

정의방이 움직이기 시작했다. 그들의 본격적인 행보가 중원 무림에 그림을 그리기 시작한 것이다.

第四章

날벼락

흔히들 무심코 던진 돌에 개구리는 죽는다고들 말한다.

무림에선 절정의 무심한 손짓에 이, 삼류가 죽는다고 표현하면 비슷한 표현이 될지도 모르겠다.

그만큼 경지의 고하에 따른 차이는 생각 이상으로 큰 편이다.

이류가 일류를 당하지 못하고 일류가 절정을 당해내기는 불가능에 가깝다는 소리다. 거기서 더 경지가 올라가면?

'당해낼 수 있을 리가 없지! 젠장!'

왕정이 딱 그 상태였다.

시작은 단순했다.

촌로로 보이는 이. 살아남기 위해서 무공을 익히곤 하는 독곡에는 전혀 어울리지 않는 노인이 다가와 말했다.

"한판 붙지?"

"예?"

"중원에서 와서 그런가? 말을 잘 못 알아듣는군."

이게 또 무슨 말인가 하고 반응도 하기 전이었다.

쓰아아악—

설명보다는 주먹이 더 빠르다는 것을 맹신하는 것인지 노인의 손이 먼저 날아 왔다.

—뒤로!

급히 소리쳐 준 독존황의 말에 순간적으로 반응하지 않았더라면, 복부에 크게 한방을 먹었을지도 모를 상황이었다.

"흐음? 생각 이상인데……."

왕정의 경지를 이미 가늠한 것이었던가. 자신이 생각한 것 이상의 몸놀림을 보여주자 노인은 더 흥미가 돋는 듯했다.

"대체! 문주님! 이게 무슨 일이랍니까아! 허엇."

녹군의 문주 호군웅과 같이 온 초로(初老)다. 그러니 그 정체를 알겠지. 묻는 것이 당연했다.

쓰악—

허나 뒤쫓아 오는 메아리는 노인의 정체에 대한 대답이 아닌 이어지는 노인의 주먹이었다.

분명 아까보다 이 할은 더 빠른 주먹이었다.

—오른쪽!

이번에도 독존황의 도움으로 피한다.

어지간해서는 무공의 대결에 끼어드는 법이 없는 독존황이다. 하지만 이번만큼은 예외인 듯했다.

"호오? 읽는구나?"

그때부터 본격적인 노인의 움직임이 시작되었다.

—아래.

샤아악!

크게 스쳐 지나가고.

—위 아니, 아래. 변초다.

"크으……."

종이 하나의 차이로 피해간다.

독존황의 지도로 하루가 다르게 강해지고 있는 왕정으로서도 피하기 힘든 주먹들이 날아든다.

'초식도 아니다.'

필부와도 같은 단순한 움직임이다. 초식이 있다기보다는, 너무도 자유로워 보이는 움직임이고 주먹질일 따름이다.

그런데 이 빠름은 무엇이고, 이 정도의 깊이는 또 무엇인가.

'지금까지 상대도 못 해 보았던 고수잖은가.'

이길 수 있겠는가?

아니. 지금으로서는 피하는 것이 고작이다. 혹시 또 모르겠지. 독존황이 직접 나선다면 호각을 다툴 수 있을지도.

하지만 지금으로서는 피하는 것이 최선이다.

"젠장. 이게 무슨!"

"한 방만 맞아라! 그럼 알려주지."

"미쳤습니까아!?"

맞아주면 어쩌겠는가.

죽을지도 모른다. 아니, 죽지는 않아도 크게 다칠지도. 그만큼 노인이 쏘아내는 주먹은 맹렬했다.

허나 피하는 것도 한계는 있었다. 여기서 더 나아간다면, 결국에는 맞을 수밖에는?

쓰으으윽!

진정 피하지 못할 주먹이 왕정에게 다가들려 한다. 이대로라면 맞을 그 순간.

"호 노야!!!!!!!!!!!"

터억.

왕정으로서는 생각지도 못했던 일독지문의 기둥 한 노야의 큰 목울림에 노인의 손이 그대로 우뚝하고 멈추어 선다.

"이게 무슨 일이랍니까!"

소리치며 달려오는 한 노야다.

"후우……."

그런 한 노야가 오늘만큼은 든든해 보이는 왕정이었다.

*　　*　　*

한 노야가 그리 잔소리가 강할 줄은 몰랐다.

"나이를 드셨으면 이제는 좀 자제할 때가 되셨지 않습니까? 무려 삼대입니다. 삼대. 증손주가 곧 문주가 될 나이시라고요."

"알았대도!"

"뭘 아셨습니까? 예? 아셨으면 이러지는 마셔야지요. 젊었을 때라고 생각하시는 겁니까? 예?"

"허어…… 이거 참. 젊을 적에는 말도 잘 들었지 않던가. 한 가."

"한 가가 뭡니까. 한 가가. 아직도 소싯적을 생각하시는 겁니까? 후우…… 내 이래서……."

끝없이 이어지는 잔소리.

같이 늙어가는 처지에 왕정에게 한 것처럼 한 대 먹일 수도 없으니 호일상으로는 난감할 수밖에 없었다.

그의 말대로 젊을 적에는 독곡에서 최강자에 가까운 자신에게 항상 호의와 존경의 눈빛을 보내던 한 노야다.

일독지문의 사람이었지만 말이 잘 통하는지라 친하게 지내며 여러 편의를 봐주기도 했다.

쉽게 말해 사내들끼리지만, 서로 정을 나눈 사이라는 거다.

나이를 먹어 늙어서까지 정을 나눈 사람이 하나라도 있으면 행운이라고 하지 않던가?

그러니 호일운으로서도 찍소리도 하지 못하고 듣고만 있었다.

잔소리라는 막강한 무기(?)로 인해서 허탈함까지 느끼고 있던 왕정의 곁에 어느샌가 호군웅과 운민이 다가왔다.

"커흠…… 미안하네. 내 조부 되는 분을 말릴 수는 없잖은가."

"그게 말이 됩니까? 잘못하면 곧 독곡을 나서기도 전에 세상 하직할 뻔했습니다!"

"흠흠. 하직까지야……."

"문주님!"

설마 죽기까지 하겠는가.

아무리 호일상이라고 하더라도 왕정을 죽일 생각은 없었을 것이다. 살기도 없었으니까. 확실했다.

하지만 생각지도 못하게 한 방 먹을 뻔했던 건 분명했다.

자신보다 윗줄에 있는 고수, 그것도 권법을 특기로 하는 자의 한 방을 맞았을 거라 생각하면 아찔할 수밖에 없는 왕정이었다.

"사혼방에서 나온 진 소협 덕분에 일처리가 빨라지는 가 했더니. 이게 무슨 횡액이란 말입니까?"

"허어…… 큰일이 있기 전에 액땜을 했다고 생각이나 합세. 솔직히 독곡에서 누가 조부님을 막을 수나 있겠는가?"

"저기 있으시잖습니까?"

한 노야를 가리키는 왕정이다. 반박귀진을 지나고 있는 고수를 잔소리로 제압하는 노야라니.

어쩌면 한 노야가 독곡의 최강자일지 모른다는 생각이 들 정도의 광경이었다.

"커흠……. 뭐 그렇긴 하지만. 조부님 정도의 나이가 되면 친우들이 몇 안 남으시니…… 어쩔 수 없는 것이겠지."

"됐습니다. 휴우. 이 무슨 말도 안 되는 상황인지!"

얼마 후 있을 출정. 그 출정 전에 녹군의 상황을 보려다가 횡액을 당했으니!

왕정으로서는 심장이 크게 뛰면서 당황스러울 수밖에 없었다. 액땜이라고 하기에는 그 상황이 너무 아찔했다.

'흐유…… 아직도 당황스럽구만.'

저런 고수라니. 역시 세상은 넓었다.

만약이지만 저런 고수가 무림맹 추격전에서 자신을 노렸더라면 자신은 독곡에 발을 들이기는커녕 무림맹 뇌옥에나 갇혀 있을 것이 분명했다.

놀란 가슴을 다스리려는 찰나.

—흐음…… 그나저나 강하기는 하구나. 소싯적이었다면 한번…….

[할아버지!]

왕정의 속도 모르는 독존황의 한 마디가 왕정의 신경을 돋우고 있었다.

출정 전에 벌어진 한 편의 촌극 아닌 촌극이었다.

*　　*　　*

"출진!"

처어억. 척.

정의방인가? 아니다. 그들의 수는 고작해야 수백이다. 결코 천을 넘지 않았다.

지금 움직이는 수는 못해도 이천 이상. 정의방일 리가 없었다.

수만까지는 아니지만, 이 정도의 수라면 그 수준은 둘째치더라도 구대문파 중 하나를 모은 수준이다.

그들의 가슴에 새겨진 단 한 자.

무(武)!

옷의 색이 다르고, 제각기 무기를 든 자들도 있지만 가슴 한 어귀에 새겨진 한 글자만큼은 모두 같았다.

더 이야기해서 뭣 하겠는가. 이쯤 되면 알 수밖에 없다. 이들은 무림맹이었다.

헌데 무림맹이 대체 무슨 행사로 나서는 것일까?

"그나저나 어디로 가는 건가?"

"흐음…… 방향은 남쪽이기는 한데……."

"자네도 들은 바가 없는 듯하구만? 하기야 갑작스러운 명(命)이기는 했어."

"기습이라면 기습이겠군."

너무도 급진적인 움직임이었기에 직접 몸을 움직이고 있는 무림맹의 무사들마저도 자신들의 목적지를 알지 못했다.

다만 방향을 봄으로써 그 위치를 가늠하고 있을 뿐이다.

"흐음…… 역시 남쪽이면 사혈련인 건가?"

"지난번에 한 방 먹었으니…… 노릴 법도 하지. 게다가 얼마 전까지 황궁에서 보낸 인사로 사혈련도 꽤 애를 먹었다는 소문도 있잖은가."

"적당한 시기로군. 오랜만에 무림맹다운 행사기도 하고. 하하."

자신들이 결코 밀릴 이유는 없다고 생각을 하는 듯 그들의 얼굴은 밝아 보였다.

이들만으로 사혈련을 뭉개 버릴 수는 없지만, 적어도 한 방은 먹일 만한 수를 위에서 마련했거니 생각하는 것이다.

"움직여 보자고."

"그래."

많은 이들이 무림맹 수뇌의 모습에 실망을 했으나, 아직까지는 희망을 가지고 있는 자들도 많은 듯했다.

무림맹이라 해도 천이 넘는 무사가 나서는 것은 예삿일이 아니다.

지원군이 더해질 것은 불 보듯 뻔하였으며, 관언과 더불어 일선에서 반쯤 물러나 있던 이들도 움직였으니 큰 행사라 할 수 있었다.

잘만 하면 사혈련을 상대로 크게 공을 세울 수도 있는 터.

"모두 떠났다 합니다."

"갔는가……."

무림맹주로서도 자신이 현직에 있을 때 공을 세울 수 있는 것에 기꺼워할 법도 했다.

무림맹의 공적을 제거한다면 무림맹주인 그에게 있어 곧 명예가 될 수도 있으니까.

그럼에도 맹주 이철원이 짓는 표정은 허허롭기 그지없었다. 무림맹의 행사가 어찌 되든 전혀 상관이 없다는 듯한 태도였다.

"허허…… 떠났다라. 다들 떠나는군."

"맹주님……."

맹주의 가장 최측근이자, 가장 강한 호위무사라 할 수 있는 유선이 걱정스럽다는 표정으로 맹주를 바라본다.

나이를 먹어도 정력적이기만 하던 맹주가 근래에 들어 급격하게 노쇠해져 가니 그로서도 걱정이 될 만한 일이었다.

"괜찮네. 괜찮아. 허허. 요즘 내가 나이를 먹긴 먹었나 보네."

"이번 행사가 마음에 안 드시는 겁니까?"

"마음에 들고 말고 할 것이 어디 있겠는가. 강서성을 노리는 것은 분명 나쁘지 않은 방식일세. 피해는 적고, 크게 공적을 세울 수 있겠지."

맹에서 노리는 목적이 강서성이었던 것인가.

현 무림의 상황을 본다면 강서를 노리는 것은 그리 나쁘지 않은 듯했다.

하기사 자신의 친우였던 관언이 처음으로 사람들을 모아, 출진을 하고자 고른 곳이다.

목적지를 헛으로 정했을 리가 없으니, 꽤나 고심을 해서 강서성으로 정했을 것이 분명했다. 나쁘지 않았다.

"분명 나쁘지 않은 선택이네. 다만…… 시기가 좋지 않다는 느낌이 드네."

"시기를 말씀이십니까?"

"그래. 녹림이 통합되어 가고 있네. 잘하면 이번에 녹림이 일통될지도 모른다고들 하지."

"설마 그러겠습니까?"

"왜 안 되겠는가? 허허."

"고래로부터 실패해 왔던 일입니다."

녹림의 통합.

지금 현재 꽤나 가시화되고 있다는 소문이 돌고 있었다. 수뇌부 내에서도 그 소문의 진의에 대해서 어느 정도는 믿고는 있었다.

허나 딱 거기까지다.

통합을 하느라 시간이 걸릴 터이니 당장에 있을 위기라고는 생각지 않는 자가 다수였다.

많은 이들이 오랜 역사를 믿고 있기에 그런 결론을 내렸을 게다.

"허허…… 고래로부터 없던 일이라 해서, 앞으로도 없을 일은 아니잖은가?"

"그래도 녹림의 통합이 그리 빠를 리가요. 게다가 그들이 통합에 성공한다 해도 정리를 해야 하지 않겠습니까?"

"과연 그럴지를 모르겠군."

길림성주의 아들로 태어나, 호의호식을 하며 자라났다. 무재까지 타고난 덕에 소림의 배움을 얻을 수 있었다.

시간이 지나갈수록 명성을 얻었고, 그 명성으로 말미암아 정파의 최고 자리라는 무림맹주에까지 올랐던 그다.

세상 무서운 줄 모르고 움직이던 자신이다.

'허나 딱 거기까지였지.'

맹은 허울 좋은 곳이었다.

정파라고 자처를 하지만, 많은 이권이 모인 곳에 모여든 승냥이들이 다수를 차지하고 있는 구렁텅이였을 따름이다.

그곳을 자신의 방식으로 정화하고자 하였으나 결국은 실패했다.

그런 자신의 실패에 평생을 같이하던 관언마저 노선을 달리하기 시작했다. 아니, 이제는 반대의 노선을 걷고 있다 표현해도 부족함이 없었다.

마음속으로는 그런 관언의 시원시원한 행보에 때로 응원을 하고는 있다. 하지만 진정으로 불안감이 계속해서 드는 것은 왜일까?

'단순히 녹림이 우거지기 시작한 것이 아니라면…….'

그들의 숲이 우거지다 못해 중원 무림을 뒤덮기 시작하게 되면 중원의 무림은 어찌 될 것인가?

개개가 어지간한 중소문파 수준인 칠십이 채의 녹림채. 그들이 통합에 성공한다면 과연 그 파급력은 얼마나 될 것인가?

사혈련에 이어서, 황궁이 있던 북경에서 피어올랐던 혈화를 신경 쓰는 자는 왜 이리도 없는 것인가?

'허허…… 나이를 먹어 마음에 걸리는 바만 많구나.'

걱정이 된다.

또한 많은 것을 알고 있기에, 많은 것에 답답함을 느끼기도 했다. 그렇다 해서 답답함만 있는 채로 있을 수는 없었다.

움직여야 했다.

아직 자신은 맹주였다. 무림맹을 책임지는 자다. 그러니 마지막에 마지막까지 최선을 다해야 하지 않겠는가?

무림맹의 맹주가 움직이기 시작했다.

"쳐라!"

그리고 그런 그의 뒤를 따르듯 우거지기 시작한 녹림의 내부도 빠르게 움직이고 있었다.

"죽엇!"

"독살도! 오늘이 네 마지막이다."

"허어…… 미쳤구나! 겁패!"

"태산겁패라 해라. 네 녀석 따위가 부를 명호가 아니잖느냐?"

그들은 지금까지 이루지 못했던 통합을 확실히 이뤄낼 자신이라도 있는 듯, 한 점의 쉼도 없이 피를 흘리고 있었다.

"말만 많기는! 이거나 받아라!"

"커흡……."

정파인들로서는 하지 못할 짓을 한다.

뒤를 치는 것은 예삿일이며, 암살은 특기이고, 숙련되지 못한 독은 덤이었다.

개중에는 잘 사용할 줄도 모르는 독을 쓰다 죽기도 하니, 비극인지 희극인지 모를 일들이 심심찮게 일어나고 있었다.

그 광경을 아무것도 아니라는 듯 저 멀리서부터 평온한 눈빛으로 바라보는 자들이 있었으니.

그 주인공은 우습게도 녹림의 사달을 일으킨 녹림 총채주 이하 그 밑의 채주들이다.

"잘하고 있군."

"그래도 생각 이상으로 피해가 많기는 합니다."

많은 이들이 죽고 있었다. 이곳이 아닌 곳에서도 총채주 휘하의 녹림도와 그를 반대하는 녹림채가 맞붙고 있었다.

그가 처음 벌이던 암습이 제대로 먹히지 못한 곳에는 정석대로 싸울 수밖에 없기 때문에 일어난 일이다.

그로서도 벌이고 싶지 않은 일이기는 하였으나, 이미 벌어진 일이기에 그 또한 최선을 다해 같은 녹림도를 치고 있었다.

"반만 보존해도 성공이지 않은가. 흩어진 오합지졸보다야 한 대 모인 정병이 낫지."

"그것도 그렇긴 합니다. 하하."

말도 안 되는 자평(自評)이다. 허나 그들은 진심으로 그리 생각하고 있는 듯했다.

피. 피. 피.

시산혈해로 녹림을 하나로 모은다 하여 과연 그들이 원하는 통합이 될 것인가? 아니, 그 이전에 이들은 진정으로 녹림천하를 바라는 것일까?

진정으로 그렇다고 보기에 이들의 눈에는 녹림도로서의 자부심이나 애정이란 것이 단 한 점도 없었다.

그저 장기패의 패를 바라보듯 무심한 눈빛이다.

"몇 개나 남았던가?"

"잘 모르겠습니다. 수로채와 가까이 있는 것들은 수로채에 붙으려는 움직임이 있는지라……."

"흘. 일단 목숨부터 보중하겠다는 건가. 그네들만의 우정이 있기는 하니까."

"그것이 또 재밌는 것이겠지요. 그래도 슬슬 끝이 보이고는 있습니다. 그것들이 다 모이면…….”

콰앙!

솥뚜껑만 한 그의 두 양손이 크게 부딪친다. 어마어마한 크기의 손을 가져서인지 북이 터지듯 크게 소리가 뻗어져 나올 정도다.

“부딪치는 거지요. 하핫.”

그는 진정으로 지금의 상황을 즐기고 있는 듯했다.

혈화가 피어나면 피어날수록! 시체가 쌓이면 쌓일수록 더 욱더 ! 크게!

“그렇겠지. 슬슬 끝을 내러 가는 것이 어떠한가? 정리도 되는 듯하이.”

“좋습니다! 양도 적당하고, 슬슬 나설 때가 되기는 했군요.”

“너무 많으면 좋지 못할 수도 있으니까. 갑세.”

녹림총채주와 그를 보좌하던 자들이 움직인다. 당연한 때를 기다렸다는 듯 그들의 움직임에는 한 점의 망설임조차 없었다.

녹림총채주가 합세하고, 태산겁패가 이끌던 웅구채가 무너져 내렸다.

무림맹은 사혈련을 치고, 황실의 일로 한시름을 놓았던 사혈련으로서는 생각지도 못한 비상에 걸렸다.

다른 한편으로 녹림의 숲은 우거지고 있으며, 마교라는 미증유의 적을 파악한 독곡에서는 마교가 있을지 모를 곳으로 움직이기 시작할 터.

모두가 중원을 도화지 삼아 화려하게 불타오르고 있었다.

第五章

출진(出塵)인가, 출진(出陣)인가?

독곡의 사람이 모였다.

한 달이 조금 넘는 시간이 걸리기는 하였지만, 독곡 내에서도 추리고 또 추린 인물들이었다.

독곡에 남아 있는 자들을 독물들로부터 지키기 위한 이들을 제외하고는 갈 수 있는 자들은 전부 모은 셈이다.

내분이 없었더라면 모를 일이나, 지금으로서는 이 수가 최선이었다.

'나를 포함해서 백 명인가. 우연찮게 딱 들어맞네. 그나저나 많기도 하군.'

모인 자들은 제각기 개성을 보이고 있었다.

—저 아이는 긴장도 않는구나.

[방주의 제자라고 하더니 그런 거 같네요.]

사혼방의 사람은 단 하나가 왔다. 방주의 둘째 제자라는 진자운. 비록 하나이지만, 식견이 넓고 지혜로워 기대가 되는 자였다.

안 그래도 수가 적은 사혼방인데, 혈풍이 한번 불어닥친 뒤지 않은가. 안 그래도 적은 수가 더 줄었다.

우습게도 사혼방 입장에서는 한 명이란 수도 적지만은 않게 되었다.

—척 보아도 무공의 경지는 낮으나, 사혼방의 아이이니 보통은 넘겠지.

[그래야겠지요.]

고작 백도 안 되는 수만을 가지고 나서는 길이다.

계획이 없는 것은 아니지만 위험한 길이 될 것은 뻔했다. 단 한 명인 그도 살아남기 위해 최선을 다해야 할 것이다.

"준비는 모두 끝인가?"

"예!"

우렁찬 목소리. 험하다고 할 수 있는 독곡에서 그들만

이 가지고 있는 거대한 덩치.

오직 육체!

육체만으로 독곡의 한 축을 담당하고 있는 녹군의 무사들은 그 수만 무려 사십이다.

호일운을 제외하고도 가장 많은 수인 사십이니 반수에 가까운 수를 녹군만으로 채우고 것이다.

그중에는 왕정과 정면 대결을 펼쳤던 대이문도 포함되어 있었다.

오랜 정양이 필요한 부상을 입었을 것이 분명함에도, 일행에 끼어 있는 것을 보면 그가 자청했을 것이 틀림없었다.

'그는 무인이니까. 은원관계에는 철저한 거겠지.'

당한 만큼 갚아야 하지 않겠는가. 그 때문에라도 나선 것이 분명했다.

단 한 번의 부딪침이었으나, 한번으로 그의 성격을 파악했던 운현이기에 그가 이곳에 왜 있는지를 잘 알았다.

무뚝뚝해 보이는 호일운의 주변.

그에게 친근함을 표현하고 있는 자들이 있는 것을 보면 그들 또한 호일운과 같은 연배의 사람들일 터.

'보통의 실력자들이 아니겠지. 그 녹군에서 대충 보내줬을 리가 없으니까.'

사혼방의 진자운은 조금이나마 불안한 감이 없잖아 있

었다. 능력을 떠나 수가 적었으니 당연하다.

반대로 녹군에게서는 든든함이 느껴지고 있었다. 수를 떠나 그들이 풍기는 분위기 덕분일 것이다.

'좋군.'

한참을 보고 있으려니, 운민이 다가왔다.

"후후. 또 혼자 생각하고 계시는 거죠?"

"그렇지. 흐으. 결국에는 같이 가게 되는구나."

"그 지겹다는 듯한 표정은 뭐예요? 칫. 당연히 같이 가야죠!"

뾰로통한 표정을 짓고 있는 운민은 반쯤은 억지를 써서 왕정을 따라 왔다.

아직 무공을 더 전수받아야 한다느니, 정예들이 가는데 문주인 자신이 빠질 수 없다느니 하지만 모두 다 핑계인 것을 모를 리가 없었다.

그저 왕정과 같이 있고 싶다는 것. 그 마음 하나만으로 왕정을 따라가는 것이 분명했다.

"이러다가 저번처럼 또 연독기공을 잃으면 그때 가선 큰일이라고. 알잖아?"

"걱정 마세요. 대비를 했으니까요."

"흐음……."

한 노야와 한 달을 넘게 무언가 일을 벌이더니, 그것이 연독기공의 소실에 대한 대비인 듯했다.

'그렇게까지 해서 같이 가야 하는 것인가. 좋기야 하지만…… 위험한데.'

평소는 일문의 문주다운 모습을 보이다가도 가끔은 이런 모습을 보이니 갈피를 못 잡겠는 왕정이었다.

어쨌거나 일독지문은 문주인 운민을 포함하여 총 스물여섯의 인원이 함께하게 되었다.

여기에 왕정까지 더하면 총 스물일곱 명이 이번에 같이 나가게 되는 셈이다. 분명 적은 수는 아니긴 했다.

어느샌가 다가온 이는 독곡의 마지막으로 남은 문파, 독막을 책임지고 있는 안일지였다.

그는 독곡에 두고 가는 자신의 친우 운마군과 가족이 걱정될 법도 하건만 한 점의 흔들림도 없어 보였다.

무슨 일이 있어도 다시 독곡에 돌아올 수 있다는 자신감이 있어 보이는 그였다.

"허허. 젊음이로구먼."

"그럴 리가요."

"그럴 때가 좋은 걸세."

"하아…… 자주 듣고는 있습니다."

독막의 일이 해결되고 나서부터는 왠지 모르게 여유가 있어진 운마군이었다. 그러니 이런 농담도 하곤 하는 것일 게다.

그의 뒤로 있는 독막의 무사들.

여전히 왕정을 바라보는 눈빛이 곱지 많은 않은 그들이지만, 대사(大事)가 있기에 참고 넘어가는 듯했다.

그들이 참지 않더라도 문제는 없을 왕정이기는 하지만 어쨌거나, 그들도 꽤 많은 수가 함께하기로 했다.

안일지를 제외하고 삼십.

사십의 수를 데려온 녹군보다는 한 수 처지기는 하지만 적은 수는 아니었다.

특히 근래에 들어 그들이 얻은 피해가 많다는 것을 감안하면, 이 또한 많은 수라 할 수 있었다.

게다가 이들은 단순히 독막의 일개 무사들이 아니었다.

'독륜대라 했던가…… 확실히 작명하는 게 별로야.'

독륜대(毒輪隊).

그들이 사용하는 독륜을 수족같이 사용하는 자들에게 들어갈 수 있는 독막안의 정예집단이다.

독륜을 주력으로 사용하는 곳이 독막일진대, 그 안에서 다시금 정예를 가린 것이니 그 실력이야 안 봐도 알 만하지 않은가.

비록 왕정보다는 처질지 몰라도 그들이 모여 사용하는 수십, 수백의 독륜은 보통을 넘는 바가 있었다.

사혼방 한 명. 녹군 사십 일명. 독막 삼십일 명. 일독지문 이십칠 명. 총합 백 명의 무인들.

"다들 모였군요."

왕정의 말대로 모두가 모였다.

그들을 보러 온 자들, 그들의 가족들. 연관된 자들 모두가 함께 있기에 그 수는 기백이 넘었다.

독인 시험 때만큼이나 많은 이들이 시험 때와 같은 장소에서 북적이고 있었다.

'후우…… 문제는 이번엔 혼자가 아니라 함께 가야 한다는 거겠지.'

지금까지는 홀로 모든 것을 책임져 왔던 왕정이다. 자신의 일신만 잘 지켜낸다면 만사형통이었다.

헌데 이제는 자신을 포함하여 백 명이 함께 움직여야만 했다.

혼자에서 백을 책임지는 자리에 올라서게 된 것이다. 부담감이 전에 비해서 클 수밖에 없었다.

그의 내심을 아는지 모르는지, 호군웅이 재촉을 한다.

"어서 가지요."

"……휴우. 가지요!"

왕정을 대신한 사혼방주의 일장 연설이 한 번 흘러가고, 응원을 하는 자들을 뒤로한 채로 독곡을 벗어난다.

무려 백.

한 명만 출현을 해도 난리가 났던 독곡에서 백이나 되는 인원이 함께 나오게 되었다. 역사상에도 몇 없던 일이었다.

*　　*　　*

운귀고원(雲貴高原)에 펼쳐져 있는 것이 운남성이다.

산 위의 고원지대가 평탄하다고들 말하지만, 산은 산이지 않은가. 보통 산에 비해서 평탄할 따름이지 험지가 즐비했다.

그런 험지에서도 가장 위험시되는 곳이 있으니, 독곡의 입구다.

지형만 놓고 보자면 최고의 험지는 아니나, 그 안으로부터 나오는 자들이 괴물이니 최고 험지일 수밖에.

그곳을 주시하고 있는 자들이 있었다.

"오늘도 조용하군."

"그래야겠지. 일이 벌어지는 것보다는 낫지 않겠는가."

그 정체는 점창산의 주인들이었다. 점창파의 무인들. 그들은 단 한시라도 놓치지 않겠다는 듯 독곡의 입구를 주시하고 있었다.

"그들이 정말로 올까?"

"모르지. 엄명이 떨어졌다 말씀을 하시니 들을 수밖에."

"지겹기는 하군."

아무리 점창이라도 인력에는 한계가 있으니, 귀한 인력을 이곳의 정찰에 돌리기에는 너무도 아까웠다.

평소라면 점창이라고 하더라도 이 정도까지 하지는 않았을 거다.

허나 지금은 전에 없던 명이 떨어진 상태다.

이곳을 감시하기 위해서 많은 사형제들이 움직여야 했지만 명이니 움직일 수밖에 없었다.

"하아암."

교대의 시간이 얼마나 남았을까?

태양 아래로 길게 이어져 있는 그림자를 보며 시간을 헤아리던 점창 무사가 묘한 기분을 느끼는 데는 오랜 시간이 걸리지 않았다.

"저, 저거! 독곡에서 사람이!"

독곡에서 사람이 나오고 있었다!

그는 말을 길게 이을 정신도 없었다. 하나도 아닌 둘,

아니 그것을 넘는 여럿이 순차적으로 모습을 드러내고 있었다.

하나도 아니고 여럿이라니!

한 명으로도 점창을 무너트리곤 하는 절대 고수가 나오는 독곡이 아니던가. 그런데 여럿이다!

사달도 이런 사달이 없었다. 움직여야 했다.

"보, 보고를……."

"모두 움직임세! 막자고 막을 수가 없는 수야. 위에서 내려 온 명이 있잖은가?"

몸을 보하라.

천하의 왕정이 돕기는 했다지만, 사혈련과의 정면 대결로 전력을 전혀 잃지 않을 수는 없던 점창파다.

그러니 몸을 보하라고 명을 내린 것이다. 독곡을 감시하던 그들이 몸을 뺀 것은 시의적절했다.

하지만 그들은 알까? 왕정이 그들을 살려 보내준 것이나 다름없다는 것을.

"갔군요."

"흠. 괜찮겠는가?"

그들이 원하기만 했다면 피를 보는 것이야 쉬운 일이었다. 오직 점창만이 흩뿌리는 일방적인 혈우였을 것이다.

허나 왕정은 부딪침을 피했다.

보고를 하러 가는 그들을 모두 살려 보내주었다.

싸움을 피하지 않으며, 이왕이면 효율적으로 움직여 적을 착실히 죽이던 독곡의 사람들로서는 하지 않을 일이었다.

"물론이지요. 애써 피를 볼 필요는 없습니다. 피는 되도록 적게 보는 것이 좋지요. 목적은 따로 있잖습니까?"

"알고 있네. 그대의 계획대로라면 이것이 맞겠지."

"예. 그러니 조금만 참아주시지요."

어느 정도는 당가의 일에 대해서 언질을 해 준 왕정이다. 또한 그것을 이용하여 계획을 짠 왕정이었다.

"흐음…… 알겠네. 중원무림의 방식이 우리와는 다를 수 있음이니…… 기다리지."

"모두 쉬도록!"

"이왕이면 저곳으로 가서 쉬도록 하지요. 그들이 머무르려고 만든 숙영지가 있을 겁니다."

"허허…… 묘수라면 묘수로군. 알겠네."

왕정의 계획상 마교를 처리하는 데는 그의 방식이 맞았으니, 모두가 잠자코 기다렸다.

점창파의 무사들이 머물기 위한 자리가 있었기에, 아무런 불편 없이 머무르는 독곡의 사람들이었다.

*　*　*

소식은 바로 전해졌다. 가장 먼저 전해진 것은 당연히 점창이었다.

순식간에 많은 정보가 오고 갔다.

기백에 가까운 독곡의 사람들이 쏟아져 나왔다. 제각기 다른 모습을 하고 있었으나 확실한 사실은 그들이 모두 한데 모여 있었다는 것.

저마다 특징이 있었는데, 문헌에서 나온 그대로였다까지.

독곡의 사람들과는 숙적이라 할 수 있는 점창이었기에 다른 어느 곳보다도 많은 정보를 가지고 있는 것은 당연했다.

소식을 전해 받은 하급의 무사들은 모두 놀랐고, 수뇌 중에서도 들려오는 규모에 잠시지만 정신이 혼미해지는 자도 있을 정도였다.

허나 그런 자들과 전혀 다른 일관된 태도를 하고 있는 자가 있었으니.

"확실히…… 빠르게 나왔군."

왕정과 일전을 벌였던 하운성이다.

그는 지금의 상황을 어느 정도 예상하고 있었다는 듯 평온한 표정을 계속해서 유지하고 있었다.

그를 바라본, 하 장로는 꽤나 의외라는 표정이었다. 소싯적 일흔일살(一痕一殺)로 불리던 그치고는 꽤 귀여운 표정이기도 했다.

"놀라지를 않는구나?"

"어느 정도는 예상을 했기 때문입니다."

"흐음…… 예상이라…… 하기야, 독곡의 입구에 무사들을 배치해 달라 청한 것이 너라 들었다."

왕정을 직접 상대했던 하운성이다. 또한 사혈련의 침공 당시 왕정이 도와줬다는 것을 빠르게 깨달았던 그이기도 했다.

점창만을 놓고 보자면 왕정에 대해서 가장 많은 것을 파악했다고 할 수 있는 자가 바로 하운성이다.

그런 하운성이니 왕정의 행동을 파악하는 것은 어렵지 않았을지도 모른다.

"언젠가 돌아올 것이라 생각했습니다."

"돌아온다라? 공적이 되었음에도?"

지금이야 왕정에 대해서는 어지간한 점창의 수뇌라면 다 알고 있는 일이다. 그러니 대화가 되었다.

"예. 공적이되, 공적이 아닌 아이지 않습니까?"

"그것도 그러하지. 분명 억울할 만하였다. 또한 점창으로서는 은(恩)을 입기도 하였다."

도움을 받았으면 갚는 것이 인지상정이다. 더더군다나 많은 수의 문파원들이 왕정 덕에 살아남기도 하지 않았던가.

비록 그것을 보는 시선이 있어 대외적으로 발표를 하지는 못하였다. 하지만 감사함은 늘 가지고 있는 점창의 사람들이었다.

올곧은 무인의 정신을 가진 하운성을 배출한 곳이 점창이지 않은가.

그러한 곳답게 점창의 다른 이들도 무인다운 정신을 지니고 있었다.

"예. 은혜라면 은혜이지요."

"허허. 당연한 이야기다. 그러니 물어보마."

"무엇을 말씀이신지요?"

이들이 만나기 바로 전 큰 종이 세 번 울렸다. 장로급 이상은 모두가 참여하는 회의가 열린다는 점창의 신호였다.

이곳에서 장로가 오랜 시간을 보내기에는 그 시간이 촉박했다. 회의에 참여해야 하니까.

그럼에도 그는 여전히 여유를 부리며 하운성에게 묻고 있었다.

"어떻게 해야 한다고 생각하더냐?"

"공적으로 답해야 합니까? 사적으로 답해야 합니까?"

"흐하하. 재미있는 답이로구나. 당연히 사적인 답이지

않겠느냐? 우리는 점창인이다."

점창. 구파일방이자 정파에 속해 있으면서도 실전적인 무공을 주로 사용하는 문파이다.

무공은 곧 정신이라는 말이 있듯, 실전적 무공을 사용하는 그들답게 하는 행동거지도 정파치곤 실전적이었다.

효율성을 꽤 중시한다는 소리다.

그러니 하운성의 공적인 대답 따위가 필요할 리가 없는 하 장로였다.

"가서 붙어야 하지 않겠습니까?"

"허허. 재밌구나. 은혜를 베푼 자와 붙어야 한다는 말이더냐?"

"예. 피할 수 없는 일입니다. 그렇지 않습니까? 은혜를 입힌 것은 개인, 하지만 개인이 아닌 무리가 독곡에서 나왔습니다."

왕정 하나가 나왔더라면, 점창 내부에서 숨기고 넘어갔을지도 모른다. 하지만 독곡에서 나온 수가 너무 많다.

기백이라니? 그 이야기를 듣고도 놀라지 않는 것이 이상했다.

또한 기백의 독곡 무인들이라면 그냥 좌시를 하기에는 그 수가 너무 많았다.

그냥 넘길 수가 없었다.

"그래. 무리가 나왔다. 하지만 피하자면 피할 수는 있겠지. 그리해도 욕을 먹을지언정 피해는 없을지도 모른다."

"그럴지도요. 제가 아는 그 아이라면 분명히 쓸데없는 피해는 없애려 할 겁니다."

"그런데도 붙어야 한다?"

"예. 이미 신호를 주었지 않습니까? 당장에 쳐들어올 수 있음에도 야영지에서 숙영을 하고 있다는 것이 뭘 뜻하겠습니까?"

"허허……."

무언가를 깨달은 하 장로가 짧은 웃음으로 답을 대신한다.

지금의 상황에 왠지 모를 유쾌함을 느낀 것인지, 그의 얼굴에는 작은 호선이 그려져 있었다.

"무인답구나!"

"그렇습니다. 무인이지요. 그러니 맞붙어 주는 것이 인지상정 아니겠습니까?"

"흘. 좋다. 내 가서 문주께 말을 해 볼 터이니, 한바탕 움직여 보자꾸나."

무인(武人), 무사(武士), 무부(武夫).

하운성과 같은 자들을 표현하는 말은 많기만 했다. 불리는 방식은 달라도 제대로 된 무인, 무사, 무부라면 한 가지 공통점을 가질 수밖에 없었다.

'피할 이유가 없다.'

무(武)와 무(武)로서 고하를 나눈다. 오직 무로서 그 만의 정의를 실행한다. 오직 무로서 의견을 관철시킨다.

말로 하는 대화보다도 더욱 확실한 것으로 무공의 겨룸을 사용하는 그들이다.

목숨과 목숨을 빼앗아 가는 간극 속에서 오랜 지기라도 된 듯이 대화를 나누고, 논쟁을 하며, 결국에는 사람의 정의만이 남게 되는 자들.

그런 무인들이 자리가 마련되었는데 피할 이유가 어디 있겠는가?

"……."

점창의 무인, 하운성. 그의 기세가 저 멀리 있는 왕정을 향해서 쏘아져 나아가고 있었다.

第六章

조우하다

새벽녘이 지나 아침이 밝아온다. 허나 아침이라고는 해도 아직 이른 아침이다. 어지간히 부지런하지 않고서야 잠든 이가 대다수일 터.

허나 오래부터 무공을 닦아 온 자들에게 있어서는 한 낮이나 다름없는 시간이기도 했다.

독곡에서 온 자들 모두는 정예의 자리에 오르기까지의 실력이 공으로 얻은 것은 아닌 듯 모두가 일찍부터 일어나 있었다.

모두가 무인다웠으며, 또한 치열하였다.

그중에서도 발굴의 움직임을 보이는 자가 있으니, 바로

왕정이다.

그는 다른 이들이 자신의 권법을 보든 말든 간에 누군가와의 만남을 기다리듯, 쉼 없이 몸을 풀고 있었다.

몇 시쯤이나 되었을까? 한참이나 이어질 것만 같았던 그의 몸이 추는 춤사위가 잠시 잦아든다.

"슬슬 올 때가 되기는 했지요?"

조용히 중얼거려 본다. 다른 이에게까지 소리가 전해지지 않아도 상관없다. 그의 귀에만 전해지면 되었다.

말을 들어야 할 사람은 다른 이가 아닌 독존황이었으니까.

—그렇구나. 허허. 이번에는 본신(本身) 무공을 보여주어야 하겠지.

하운성과의 대결에서는 독존황의 도움이 컸다.

아니, 그의 생각지도 못한 도움이 아니었더라면 이미 오래전에 몸을 뉘였을지도 몰랐다.

그만큼 하운성의 무위는 속가제자라고는 생각지 못할 만큼 높은 무위였다. 초절정 그 이상, 잘하면 지고한 화경이라는 경지를 향해 가는 자일지도 몰랐다.

그는 중원 천지에서도 많지 않은 강자 중에 하나인 것이다.

그런 하운성을 다시 마주해야 할지도 모르는 상황이건만, 왕정은 전에 비해서 자신감이 넘쳐 보였다.

그와 마주하는 것을 되려 기다리고 있는 것처럼 보일 정도다.

"예. 전처럼 할아버지의 도움만을 받아서야 체면이 서지는 않으니까요."

—허허. 체면이더냐?

"달리 표현할 말이 없더라고요. 무인으로서의 정신이라기에는 또 너무 거창하잖아요?"

—그것도 그러하구나. 체면이라…….

무인으로서 다른 이의 도움을 받는 것은 치욕일 수도 있었다. 때로 목숨보다도 더한 치욕으로 여겨질 정도이지 않은가.

물론 무인으로서의 정신이라 하는 것이 깊디깊은 왕정은 아니다.

허나 지금에 와서는 자신이 무인이기만을 부정하기보다는, 조금씩이지만 무인이라는 매력에 빠져 들어가고 있는 터다.

여전히 무인의 정신이라는 것에 목숨을 걸 정도는 아니지만, 신경을 쓰기는 하는 것이다.

"잘되겠죠. 그를 이겨 내지 못하고서야 당가에 복수를 말할 자격도 없을 테니까요."

—당연히 잘해 내야만 한다. 아니, 아예 제압을 해야겠

지. 그쯤은 돼야 할 것이다.

"그래야죠."

하운성 정도는 쉬이 물리쳐 내야만 했다.

독존황의 말대로 그 정도 수준이 되지 않고서야 복수라고 하는 것은 지난한 일이 될 것이 분명했다.

'어려운 길이기는 하지…….'

그렇다 해도 해야만 했다.

때가 되었을까?

"사조님!"

평소보다 반 음 정도 올라간 운민의 목소리가 들려온다. 무언가 일이 있으니 목소리가 올라갔을 터.

쉼 없이 움직이던 왕정의 몸이 우뚝하고 멈추어 선다.

"왔군."

점창파.

독곡에 있어 중원의 출입을 허락하는 첫 수문장이자, 숙적이라 할 수 있는 곳.

많은 은원을 서로 쌓고, 쌓아 놓았으나 은원보다는 무공으로서 고하를 나누는 것에 더욱 의미를 두고 있는 곳.

독곡의 정예들과 점창이 한 자리에 마주하게 되었다.

* * *

혹자는 점창의 검법이 운남성 특유의 특색에서 따온 무공이라고들 말한다.

그 정신은 대리국이 망하여, 저항운동을 하던 곳이기도 했기에 실전적이기도 하다는 말을 듣기도 하던 곳이 점창이다.

중원의 남쪽에 치우쳐 있는 그들이기에 때로는 구파일방에 들지 못하던 서러움도 받던 곳.

그럼에도 그들은 언제나 정파이기를 추구하였으며, 언제나 독곡의 독인들을 막아내던 선봉장이던 자들이다.

그들의 빠르고 실전적이 무공은 그런 설움과 선봉장으로서의 정신이 깃들어 그러한 것일는지도 몰랐다.

"오랜만에 보는군."

그런 점창을 대표하여 하운성 그가 나섰다.

그는 여전히 그만의 분위기를 풍기고 있었다. 운남에 우뚝 선 점창의 기세를 담은 자다웠다.

오랫동안 독인이 출사하지 않은 덕에 꽤 많은 수를 자랑하는 장로도, 장문인인 현천 진인도 나서지 않았다.

속가제자인 그가 나설 수 있었다는 것은 그만큼 그에 대한 점창의 믿음이 크다는 반증이리라.

"하하. 오랜만에 뵙습니다."

예가 오고 간다.

왕정이나 그나 서로의 입장상 맞붙어야 할 것이 분명한 상황임에도 분위기는 화기애애했다.

서로의 입장 이전에, 무인으로서 갖는 서로에 대한 호감이 있는 덕이리라.

"그때의 은은 잊지 않고 있다네. 다만 지금의 상황을 피할 수도 없음이지."

"역시나 알고 계셨군요?"

왕정이 사혈련 침공 당시 그들을 도왔던 것을 말함이다. 그들은 역시 잊지 않고 있었다. 다만 그들의 입장이 있을 뿐이다.

"모를 리가 없잖은가. 한번 검을 마주하였으니 모르는 것이 이상한 일인 터."

"알아주셔서 감사합니다."

그 같은 무인이 알아주는 것은 영광이고도 남았다.

"다만 한 가지 여쭙고 싶군요."

"무얼 말인가?"

맞붙는다. 오직 그 하나만이 그들에게 남아 있는 행사가 아니었던 것인가.

왕정의 발언에 그의 얼굴에 작은 호기심이 어린다. 허투루 말을 할 왕정이 아님을 아는 것이다.

"이번 독곡의 행사는 단순히 독인으로서 나서는 행사가 아닙니다."

"독인의 행사가 아니다? 독인을 선출하지 않았음에도 나선건가?"

"아닙니다. 독인은 선출했지요. 우연찮게도 기회가 닿아 제가 되었지요."

"허어…… 그대가 독인이라……."

잠시 놀란 눈으로 왕정을 바라본다.

왕정이 독인이 되었다는 말에 하운성이 다시금 왕정을 탐색하듯 바라본다. 안 그래도 처음 일견(一見)할 때부터 왕정이 무언가 변했음을 느꼈던 그였다.

'무언가 기세가 달라지기는 하였으나…… 설마 독인이 됨으로써 더욱 발전한 것인가? 그도 아니면 깨달음이라도 얻은 것인가. 모를 일이군.'

전에는 그 경지가 어느 정도 읽혀졌으나, 지금은 전혀 그러하지 못했다.

독인이 되었다는 왕정이 무공을 잃었을 리는 만무하니, 그 사이에 경지가 상승한 것이 분명했다.

어쩌면 자신조차도 이겨 내지 못할 정도로!

"기회라. 운이 아닌 실력일 터. 축하한다고 해야 할지는 모르겠군. 점창인으로서의 입장이 있으니 말일세."

"하하. 축하까지는 바라지 않습니다. 다만…… 조금은 이야기를 나눌 기회는 얻을 수 있지 않겠습니까?"

왕정이 원하는 바는 당가에 대한 복수다. 독곡이 원하는 바는 자신들을 노린 마교에 대한 은원의 해결이다.

왕정이 원하는 것이든 독곡이 원하는 것이든 간에, 그 계획에는 점창이 들어가 있지 않았다.

'그러니 점창과 원만히 해결을 할 수도 있을 터.'

물론 낮은 확률이긴 했다. 무인과 무인이 만나 원만한 해결이라는 것은 때로 굉장히 지난한 일이었다.

그리고 그 답은 역시나.

"대회는 좋네. 허나 지금 당장 대화부터 시작하기에는 역시 서로의 입장이 있지 않은가?"

거절이었다. 반쯤은.

대화를 하기 이전, 서로 부딪칠 수밖에 없음을 확실히 해 준 것이다.

*　*　*

분광검(分光劍) 하운성.

분광검법을 절정으로 익힌 그는 이대로만 성장을 한다면 점창의 새로운 전설이 될 자이기도 했다.

왕정과의 대결 이후로 고련을 했던 것일까?

쾌검을 사용하는 그의 기세는 한층 더 정제되어 있었다. 쾌검의 날카로움에 중검의 깊이까지 더해진 것이다.

'역시나 만만치가 않군.'

그의 기세를 셈하기도 전에.

카득.

순식간에 그의 검이 쏘아져 온다. 처음 대결을 펼치던 그때와 같았다. 역시 빠르다. 거리가 그에게는 무의미한 듯하다.

'그래도 보인다.'

하지만 전과는 달라졌다. 보이지도 않던 검의 궤적이 이제는 보였다. 눈치도 못 채던 것이 보인다.

하운성도 그것을 눈치챈 듯하다.

"봤나?"

"예."

"허어……."

왕정이 그를 속였을 리가 없다.

빠름. 오직 빠름만을 추구하고, 빛을 가른다는 분광검법이지 않은가. 그런데 분광검의 궤적을 보았다고 한다.

'괴물인가.'

상대할 만하다 생각이 들었던 왕정이 이제는 괴물로 보이는 하운성이었다.

이제 이십 줄에 들어선 자가 자신의 검을 읽다니. 괴물이 아니고서야 뭐겠는가.

"감세."

그렇다 해서 물러날 수는 없었다. 서로의 입장에서, 서로의 가치 아래에서 피할 수는 없는 승부였다.

"오시죠!"

지이이잉!

언제부턴가 생성된 왕정의 독구가 쏘아져 온다. 아아니, 단순한 구가 아니었다.

하나의 구가 둘로 나뉘고 둘로 나뉜 구가 검으로 변화한다. 독강기로 이루어진 단검이 순식간에 열을 넘긴다.

왕정의 의지하에 움직이는 독강기들이 쏘아진다!

'우선 둘.'

콰아아앙. 쾅!

벤다. 벤다. 베어야만 한다!

하나의 단검이 하나의 무인이라 생각한다. 검을 쥔 자로서 같은 검을 준 자를 상대한다 생각한다.

자신에게 정면으로 달려드는 검을 베어 버린다. 옆으로

흘러들어오려는 검을 베어 버린다.

'뒤!'

이번에는 뒤다.

암습이냐고? 아니다. 목숨을 건 생사대적에서 암습이면 또 어떠하랴? 이기면 될 뿐이다.

그것이 실전적인 점창에서 배운 정신이다.

콰즉—

이 또한 베어 버린다.

한 편의 춤사위를 취하는 듯, 독강기들과 하운성의 검이 합을 나눈다. 생사를 가른다. 궤적을 만든다.

'괴물이군…….'

그런 하운성을 바라보는 왕정 또한 그를 괴물로서 바라본다. 저게 인간이 보일 수 있는 몸짓이던가.

자신의 의지하에 움직이고 있는 독단검을 베고, 베고, 또 벤다!

그것이 자신에게 주어진 의무인 것처럼!

그의 검에는 그만의 의지가 서려 있었으며, 그의 의지하에서 자신의 독강기가 비집고 들어갈 틈은 없는 듯했다.

'어떻게 한다?'

이번에도 전과 같이 자신이 만든 독의 영역을 이용해야 하는가? 독강기가 흩뿌려진 독을 조종하여 그를 압박해야만 하는가?

아니다.

그래서야 소용이 없다. 일류의 무사에게 전과 같은 수는 좋은 수가 못 된다. 되려 그에 대한 모욕이다.

다른 수는 무엇인가?

'수 싸움을 해야 한다. 그런데 무슨 수를?'

독공을 익힌 자신이 독을 이용하지 않고서야 무슨 수를 쓴단 말인가.

자신의 주무기인 독을 사용하지 않고서야 대체 어떤 수를 쓸 수 있단 말인가? 그런 수가 있기는 한가?

'없을 리가!'

자신은 사냥꾼. 홀로 세상을 헤쳐 온 사냥꾼이지 않은가. 무인이면서도 동시에 사냥을 하는 자가 자신이다.

하운성이 호랑이라면, 자신은 그를 사냥하면 될 뿐이다.

저 괴물 같은 자를 상대할 방법은?

'역시…….'

자신의 손이 아닌 독존황으로 이루었던 한 수를 자신의

손으로 이루어 내야만 했다.

단순히 독을 풀고, 독강기를 쏘아냄으로서 얻는 한 수의 이득이 아닌, 진정한 의지의 관철을 해내야만 했다.

왕정의 몸이 그를 향해서 쏘아져 나간다!

콰아아앙—

폭음이 울려 퍼진다. 육신과 검이 부딪쳤음에도 귀가 찢어질 듯한 폭음이 야영지의 전부를 가득 채운다.

"그때의 그 한 수인가? 아니군. 달라."

청성의 무인들이 왕정의 뒤를 노렸던 그 때.

하운성은 신의 한수를 보았다. 지금의 자신으로서도 따라잡을 수 없었던 한 수. 목숨이 경각에 달았을 때야 볼 수 있던 한 수.

그것이 왕정이 보여주었던 한 수였다.

그것을 다시 보여주었다. 아니 그때와는 깊이가 다르나, 분명 그와 비슷한 한 수였다.

전에는 왕정이 자신과 맞지 않는 한 수를 보여주었더라면 지금은 오롯이 왕정의 의지하에서 펼쳐진 한 수였다.

독존황이 아닌 왕정이 펼친 한 수이기에 느껴지는 차이였다. 다른 이들은 그 차이를 느낄 수 없을 터.

'역시 그라면…….'

다른 이는 몰라도 하운성은 그것을 느낄 수 있었다.

"발전을 한 것이로군? 몸에 안 맞던 옷을 벗어던진 느낌일세."

"느끼셨군요?"

"아무렴. 생사대적이잖은가?"

"하하. 제가 그렇게 거창한 놈은 못되지 않습니까. 다만 노력을 하는 필부일 따름이지요."

고수의 겨룸에서 나오는 높은 수준의 한 수. 그 한수로 둘의 고하가 나뉘었다. 패자와 승자가 가려졌다.

다음의 대결 결과는 또 모른다.

어쨌든 중요한 것은 지금의 대결에서의 승자는 왕정이다. 왕정이 보여주는 한 수를 하운성이 막지 못했다.

마지막 순간 왕정이 손을 거두지 않았더라면, 목숨을 잃었을지도 모를 일이다.

퍼억—

하운성이 힘에 벅차는 듯, 구부러지려 하는 무릎을 애검을 땅에 박음으로써 막는다. 차마 무릎을 꿇지는 않으려는 것이다.

"필부라니…… 표현하고는. 흐…… 그나저나 잡아나 주게나."

"얼마든지요."

대결이 끝났는데 다투어봐야 무슨 소용일까.

서로의 의지를 보였으며, 서로의 입장에서 결자해지(結者解之)를 하였으면 그것으로 될 뿐이다.

길게 이어졌던 대결.

청성의 방해로 제대로 맺지 못했던 두 대결의 끝맺음이, 운남성 한 자락에서 이루어졌다.

*　　　*　　　*

하운성이 패배했다.

개인 간의 승부를 결하는 것도 의미가 있으나, 대표로 나선 그가 패했다는 의미도 동시에 존재했다.

둘의 대결은 단순히 둘만이 그 결과를 갖기에는, 왕정이 무림 공적이었을 때보다도 더 파급력이 다르다.

허나 둘은 그 의미를 모르지 않을진대, 표정들이 평온했다.

둘 모두 각자가 자청하여, 자리를 마련해 놓고는 공적인 이야기보다는 대련에 관한 이야기가 먼저였다.

"분명 지난번의 수보다는 부족했네만…… 그래도 대단한 수이기는 했네."

"느끼셨습니까?"

"그러네. 뭔가 다르더군."

"하하. 사정을 말씀드릴 수는 없으나…… 분명 다르기는 하였습니다."

"역시. 그러하군."

"그나저나, 분광(分光)에 거의 다다르신 듯 보입니다? 전보다 더욱 빨라지셨다 해야 할까요?"

"하하. 아직 부족한 일검(一劍)일 따름이네."

반추(反芻)를 하듯 서로의 무공에 관하여 이야기를 나눈다.

독곡의 대표로서, 또한 점창의 대표로서 모인 것은 의미가 없다는 듯 둘은 서로에 관한 이야기에만 집중을 할 뿐이다.

"……."

함께 자리를 하고 있는 다른 이들도 끼어들 법도 하건만, 되려 조용히 경청들을 하고 있었다.

자신들 이상의 실력을 보이고 있는 고수들에 대한 예의인 듯하였다. 그만큼 둘이 보인 대결은 짧았으나 경이로웠다.

"대단하셨습니다."

"그래보아야 패자일 따름이지. 하핫. 그래. 패자로서 물어보겠네. 무엇을 바라는가?"

"어려운 것은 아닙니다."

"어려운 것이 아니라……."

언제나 독인들을 상대로 선봉장을 자처하던 점창이다.

서로가 생사를 결하기도 했고, 독인에게 패배하여 그 명성이 떨어진 적도 많던 점창이다.

허나 잃는 것만 있었던 것은 아니다. 대를 이어가며 생사결을 벌였던 덕에 그만큼 얻는 것도 있었다.

명성 따위가 아니라 실질적인 실력의 상승이 이뤄지기도 하였으며, 때로는 무공 자체의 수준이 높아지기도 하였다.

우습게도 독인들과 점창은 선의의 대결이라고 할 수 있을 만한 역사를 가졌다는 소리다.

"솔직히 그대들이 바라는 것이 무엇일지는 예상이 가네."

"그렇습니까?"

"전에도 그러했지. 수백 년 전 독존황이라는 자도 이런 비슷한 방식을 사용하기는 하였어. 독인에 대한 기록은 항상 하고 있는 우리이니 모를 리가 없지."

독존황이라는 말이 하운성의 입에서 튀어나오자, 잠시지만 움찔하는 왕정과 운민이었다.

그들에게 있어서 독존황은 살아 있는 전설이자, 사조 그리고 가족이기에 움찔하며 반응을 할 수밖에 없었다.

"하하. 놀라기는! 우리 점창이 기록을 하는 것은 당연하지 않은가? 그래야만 발전을 할 수 있을 터이니……."

"발전이로군요."

"그러네."

다만 하운성으로서는 그들의 움찔거림이 다른 이유 때문으로 짐작을 하는 듯했다.

—허허. 기록이라. 재미있구나.

[뭐…… 제갈소저로부터 구대문파 정도 되면 기록들을 한다고는 들었긴 했지요. 그래도 그렇게 오래도록 남길 줄은 몰랐네요.]

—그것이 역사의 힘이겠지. 대단하다. 독곡도 분명 배울 점이 있다.

기록을 한다는 것. 그것은 때로 힘이 될 터다. 이 역시 배울 점이 되겠지.

녹군의 호군웅이나, 안일지도 기록이라는 것에 깨닫는 바가 있는 듯 작게 고개를 끄덕이고 있었다.

이번 독곡행이 끝이 나게 된다면 어쩌면 독곡도 역사의 기록이라는 것을 할지도 모르겠다.

"그러니 역사를 반추해 묻겠네. 그대는 통행을 원하는 것이 아닌가? 이곳 운남을 지나 다른 곳에 달할 통행을 말일세."

"……맞습니다."

독곡 무사 백. 이 정도 숫자면 점창을 상대로 승부를 결할 수도 있을 터다.

하운성을 제압하는 데 성공한 왕정 또한 모든 실력을 내보인 것은 아니니 분명 점창을 상대하는 것도 무리는 아니다.

특히나 독곡이라는 것이 주는 무서움은 다수 대 다수의 대결에서 그 묘를 보여줌이니!

물러 설 필요는 없었다. 다만 많은 희생을 만들 필요는 없지 않겠는가?

'목적이라고 하면 어차피 마교. 그리고 당가.'

그러니 저들을 상대로 살수를 펼쳐보아야 남는 것은 서로에 관한 원한밖에 남지 않을 것이다.

처음부터 왕정은 서로를 대표로 하는, 하운성과 자신 둘의 대결로 통행만을 원해 왔음이다.

"전에는 한 명의 독인을 통과시켜주었을 따름이지. 그는 분명 그만한 무위를 가진 자였네. 또한 우리 점창으로서도 예우를 보일만한 자였지."

"그랬습니까?"

독존황에 대한 말이다. 괜스레 자랑스러움이 생기는 왕정이었다.

"그러네. 비록 기록에 근거하는 것이지만…… 대단한 무인이었지. 그를 보내주었다 하여 점창을 욕하는 자는 없었네."

절대자를 상대로 대결을 벌인다.

대결의 결과에 승복하여, 승자의 말을 들어 준다는 것은 무인으로서 수치라 할 수 없었다.

승자의 말을 패자가 듣는 것은, 되려 당연한 일이었다.

"백이라는 수가 나온 것이 이번이 처음이기는 하지만…… 분명 이번 대결에서 패배한 쪽은 우리 점창이지."

"서로가 정면 대결을 벌이면 피해만 커질 뿐이지 않겠습니까?"

"하하. 그대들이 악적이었더라면, 어떠한 피해가 있든 우리는 정면 대결을 벌였을 걸세. 정파이니까."

"예. 분명 그러셨겠지요. 알고 있습니다."

"하핫. 인정해 주니 고맙군."

하운성과 같은 무인을 키운 곳이다. 그런 곳에서 희생이 있다 하여 대결을 피하지는 않았을 것이다.

그들의 기개(氣槪)는 이미 지난 사혈련과의 대결에서 충분히 보여주었다.

"그대들의 요청에 대한 답을 하겠네."

"무엇인지요?"

"가게나. 패자 유구무언(有口無言)인 것을…… 막아서야 점창의 정신만 훼손할 따름이지."

"감사합니다!"

"독곡은 아니더라도 그대를 믿네. 그대가 공적이 된 것은 따로 연유가 있음이니…… 그대가 쓸데없는 피를 볼 것이라 생각은 않겠네."

독곡의 무력에 굴복하기보다는, 왕정의 됨됨이를 보고 길을 열어준다는 말이었다.

"……진심으로 감사드립니다."

"그러면 나중에 돌아올 적에 대결 한 번만 더해 주게나. 하핫."

"여부가 있겠습니까?"

독곡, 점창을 지나 운남을 통과하게 되었다.

第七章

바람이 일다

전통이 더해질수록, 이해관계는 복잡하게 돌아갈 수밖에 없지 않겠는가.

한 사람의 인생이 살아가며, 맺어가는 인연도 수십 수백을 넘을진대, 천이 넘는 문하를 가진 점창은 오죽할까.

굳이 다른 문파를 말할 것도 없이 점창의 두터운 인맥(人脈)과 더불어 은원이 얽힌 복잡한 인연은 더더욱 많을 터다.

게다가 사람이란 부정적인 일에 더욱 관심을 기울이곤 하지 않던가.

호사가들의 입에서는 왕정과 하운성이 벌였던 고매하

던 대결을 입으로 그리기보다는, 그 결과에 집중했다.

"점창이 무너졌다."

"점창의 검도 무뎌진 듯하군. 하기야 사혈련과의 혈사에서도 벅차하지 않았던가."

"그것도 그러하이."

혹자들은 사혈련에까지 비교를 하곤 했다. 분광(分光)을 하던 점창의 검이 무뎌졌다 할 정도였다.

아무리 점창이라 하더라도 단일 문파로서는 마교 다음으로 거대한 사혈련에 어찌 마주할 수 있을까.

지난 사혈련과의 전투에서 그 정도의 분투를 한 것만으로도 점창은 힘을 보였다 할 수 있었다.

하지만 이때가 기회다 싶은 호사가들과 승냥이들은 점창의 체면, 명성을 깎고 또 깎았다.

그래야만 자신들이 더더욱 고매한 자가 된다는 듯, 이구동성으로 왕정에게 패배를 한 점창을 깎고 있었다.

참으로 이상한 일이지 않은가?

몇몇은 이상함을 깨달았다.

"이상하군."

"뭐가 말인가?"

"어째서 사람들이 점창에 집중을 하고 있는 것인가? 사실 점창보다는 독곡에 더 집중을 해야 하는 것 아니겠는가?"

상황이 이상했다.

독인에 대한 선봉장을 자처하는 점창이다. 하지만 역사를 살펴보면 점창이 독곡에 패배를 하던 때는 생각 이상으로 많았다.

독인에 패배를 하면 새로운 대의 독인에 대해서 두려움을 가질 뿐이지 점창을 타박하는 자는 적었다.

대를 이어서 독인이 배출되면 배출이 될수록, 독인이 쌓아가는 업적이 많으면 많을수록 독인은 혼자이되 혼자가 아닌 세력으로 인정이 되었다.

괜히 혼자의 몸으로 중원을 떨게 하던 독인이 아닌 것이다.

그런 독인을 상대로 점창이 패배했다 하여 과연 흠이 될 것인가?

호사가들이 말하는 것처럼 점창이 무너지기라도 하는 게 될까? 그럴 리가!

무인 대 무인으로서의 대결로 인해서 패배를 하는 것이 명예에 흠집이 될 수는 있을지언정, 점창이 무너지지는 않는다.

그럼에도 사람들은 독곡이 아닌 점창의 패배에 집중을 하고 있었다.

"아무리 독인이 실로 오랜만에 출현했다지만, 이건 아니잖는가?"

"확실히……."

"역사를 기록하고, 또 기억하는 중원일세. 때로 전설의 고수라는 자는 백 년을 넘게 호사가들의 입에 올라가지."

"……그러하긴 하지."

호사가들. 중원인, 아니 무림인들이 명예에 목숨을 걸고 살아가게끔 일조하는 자들 중에 하나.

남의 이야기로 먹고사는 자들이기에 때로 우매해 보이기는 하나, 그들의 눈은 언제나 정확했다.

시류를 읽을 줄 알았으며, 때로 객잔에서 울려 퍼지는 호사가들의 눈은 개방의 정보보다도 더욱 정확하게 여겨질 때도 있을 정도였다.

"그런데도 뭔가가 이상하단 말이네. 집중을 해야 할 곳에 집중을 하지 않는 것이 무슨 이유일까?"

"무언가 음모가 있다고 말하고 싶은 건가?"

"아니라고 하기에 너무 공교롭지 않은가? 시기와 시야 모두가 공교로워도 너무 공교롭군."

"흐음…… 확실히……."

"아이들을 투입해 보는 것은 어떻겠는가?"

아이들을 투입하다니? 과연 누구이기에 이런 시기에

사람을 투입할 생각을 할 수 있는 것인가.

혼란의 시기인 무림일진대 이들 또한 보통 내기는 아닌 듯하였다.

"사혈련과의 전투로 인력을 빼기가 쉬운 것은 아니네."

"어렵기는 해도 그게 좋지 않겠는가? 너무 이상하네. 게다가 독곡에서 다시 돌아온 그 아이도 신경이 쓰이는군."

"알겠네. 내 한번 움직여 보도록 하지. 아이들이 바빠지겠어."

천하 모든 거지들의 집단. 개방.

언제나 중립을 말하던 그들이 다른 이들의 부탁 없이 먼저 움직이기 시작했다.

정보를 다루는 그들이기에 가장 먼저 시기의 수상함을 크게 느꼈을지도 모를 일이었다.

* * *

"생각대로군."

"부화뇌동(附和雷同)하는 자들은 언제나 나오는 법이지."

"불나방들이 하나라도 나서 알아서 줄어든다면 그것만한 일도 없잖은가."

"후후. 좋군."

과연, 근래에 들어 중립을 표방하며 몸을 사리고는 있는 개방이지만 그 눈이 어디로 간 것은 아니었던가.

그 주체가 누군지는 몰라도 무언가가 이뤄지고 있다는 것을 눈치챘다는 것 하나만으로도 그들의 능력을 보여준 셈이다.

자신의 능력을 파악치 못하고 맹신함은 얼마나 비루한 짓인가.

다른 이들의 꾐에 부화뇌동한 자들의 수는 생각 이상으로 많았다.

그들에게는 지금의 혼란스러운 강호조차도 평화롭다고 느꼈을지도 모르겠다. 그도 아니면 이참에 명성을 올려 보려 한 것이거나.

어느 쪽이든 비루한 발악이라는 데는 이견이 없을 터다.

"본인은 운남 신평현의 환의세가의 자손으로……."

이대로 두면 자신이 몇 대손인지, 그 조상은 누구인지까지 나올 기세로 환의세가의 아무개씨는 한참을 읊고 있었다.

그런 자들에 익숙한 것인지, 아니면 지금도 저 멀리서 달려오고 있는 이들을 염두해 둔 것인지 몰라도 일행 중에 하나가 물었다.

독인 시험 중에 왕정과도 한판을 벌였던 대이문이 그 주인공이었다.

"휴우. 오늘은 내 차례입니까?"

물음을 하는 그의 표정에는 짜증스러운 기색이 역력했다. 자신의 핏줄을 설명하고 있는 아무개에 대한 귀찮음 또한 아주 역력했다.

"이 무슨! 대련을 신청함에 있어 예의도 배우지 않았던가."

"됐고 오게나."

"내 네놈을 능지처참하리라!"

제법 잘 잡힌 자세. 곧게 뻗어나간 곡선이 귀해 보이는 검. 자세와 잘 만든 검에서 뻗어 나오는 기세는 제법이었다.

아무개는 적어도 그의 출신지에서는 알아줄 만한 실력을 가지기는 한 듯하였다.

'그래 봤자지만…….'

허나 어디까지나 실력이라고 하는 것은 상대적인 것이지 않던가.

공기를 가르며 날아오르는 검도, 상대의 몸에 닿을 수 있어야만 살상력을 보일 수 있는 법이다.

스아악—

검이 공기를 가르는 소리가 아니었다. 칠척장신에 가까

운 대이문 그가 공기를 가르는 소리였다.

"허엇!"

반치로 검을 피하고, 다시 반보를 움직여 아무개의 앞에 다가간다. 검사와 권사의 차이를 가르는 거리를 격했다.

주먹이 닿을 만한 거리!

권사를 상대로 한 검사에게 있어 치명적일 수밖에 없는 거리이지 않던가.

"요양 좀 해야 할 것이다."

퍽—

짧은 격타음이었다. 격타음이 시원스럽지 못한 것은 대이문이 전력을 다하지 않고 사정을 둔 덕분이리라.

"크흡……."

아무개의 허리가 반으로 숙여진다. 단 한 번의 주먹질에 자신이 당한 것이 놀람인 듯 아무개의 얼굴이 잔뜩 찡그려진다.

그러곤 이내 고통을 이겨내지 못한 것인지 풀썩하면서 그대로 바닥에 몸을 뉘인다.

조금 버티다 결국 기절을 한 것이다.

"휴우. 얼마나 남았습니까?"

"모르지요. 오늘은 얼마나 올지……."

처음에는 하루에 몇이 왔다. 백 명의 독인들에 비하면

많은 수도 아니었다. 그 다음에는 열이 넘었다.

며칠이 더 지난 지금은 수십이 되었다.

이대로라면 백이 더 넘어갈지도 모를 일이다. 운남에 있는 중소문파, 세가의 인원이 다 올 수도 있는 일인 것이다.

"타박을 하는 것은 아닙니다만…… 점창의 통제가 잘 들어 먹히지 않는 것입니까?"

하운성. 무슨 이유에서인지 다른 점창 무사는 다 돌아갔으나 그는 돌아가지를 않았다.

동료는 아닌 어중간한 동행이나 서로 간에 적의(敵意)가 있는 것은 아니었기에 대화를 하는 것은 문제가 없었다.

"모를 일이군. 보통은 이러지를 않네만…… 무언가 이상하기는 하군."

확실히 하운성이 보기에도 지금의 상황은 꽤나 이상한 듯했다.

"흐음…… 독인에 대한 무서움이 이렇게까지 없었던가요. 그것도 하나가 아닌 백이 나왔거늘……."

차라리 중소문파에서 수백씩 사람을 데리고 오면 또 모른다. 문파의 입장에서 이름을 드높이려고 왔다면 모를 일이다.

헌데 개인들이 온다.

마치 부나방이라도 되는 것처럼 독인들을 향해서 온다.

왕정이 세운 계획상, 대련 상대를 차마 죽이지는 않는다는 것이 이미 소문이라도 난 것인지 하나같이 대련을 신청하고 있었다.

마치 지금의 상황을 즐기기라도 하는 모습이니 웃기는 노릇이다.

[원래 이랬던가요?]

—그럴 리가 있겠느냐. 점창이 나선 것만 봐도 알지 않더냐? 독인은 독인인 것이야.

[그렇겠지요? 이상하기는 하단 말이죠.]

오랜만에 출현한 독인이라지만 이렇게까지 긴장감이 없다니. 희소(嬉笑)가 지어지는 상황이다.

"어쨌든 어서 운남을 벗어나 보도록 하지요."

운남을 지나, 사천.

거기까지만 가면 되었다.

그 이후야 당가를 정리하고, 그 기세를 몰아 움직이기만 한다면 마교가 나설 수밖에 없을 것이다.

'먼저 나서지를 않는다면, 나서게끔 만들면 되는 거니까 말이지…….'

차분히, 아주 차분히 나아가면 되었다. 그들이 점차 사천을 향해 가고 있었다.

*　　　*　　　*

"가지 않으시는 겁니까?"

정우가 그녀들에게 물었다. 제갈혜미와 이화를 향해서다. 다른 보는 이들도 있기에 말투는 공적이었으나 다분히 궁금증을 안고 있는 말투였다.

"예. 아직은 가지 않을 생각입니다."

끄덕.

언제나 그러하듯 이화는 고갯짓으로 확답을 하였고, 제갈혜미는 생긋 웃으며 답을 하여 주었다.

"그 괴물, 아니 그 녀석이 나타났는데도 말입니까? 다른 사람도 아니고 그 녀석입니다."

"후훗. 괴물이라니요. 그분이 들으면 섭섭해하실 거예요."

정우가 언제나 괴물이라고 말하는 자가 달리 있던가. 왕정을 말함이다.

독인이 출현한지가 꽤나 시간이 흘러, 그 명성이 퇴색이 된 듯은 하나 독인은 독인이다.

부나방들을 제외하고 제대로 정신을 가진 자들은 독곡에서 무려 백인이나 되는 사람들이 출현했다는 것에 잔뜩 긴장을 했다.

게다가 천하의 정보를 다 가지고 있다 말하는 개방도 운남을 주시하고 있지 않았던가.

자연스레 왕정의 재출현 정보는 빠르게 중원을 돌았다.

그가 이끄는 정의방이 따로 정보 조직을 가지지는 않았음에도 그 소식이 빠르게 들려 왔을 정도였다.

"지금…… 그게 문제가 아니잖습니까? 둘 모두, 왕정 때문에 이곳에 있었던 것이 아닙니까?"

왕정을 오매불망 그리던 그녀들이다.

다른 이는 몰라도 정우와 지금 자리에 없는 철아영이 모를 리가 없었다.

그런 그녀들이 왕정이 출현했다고 함에도 움직이지를 않고 있었다. 마치 그것이 당연하다는 듯이.

정우로서는 전혀 예상 밖의 상황이다.

'가문의 명도 듣지 않고 나서던 사람들이…… 이 무슨.'

말도 안 된다는 표정이 그대로 읽혀서였을까. 설명이 필요하다고 여긴 것인지 제갈혜미가 입을 열었다.

"그분을 기다리고 있었던 것은 당연한 거예요. 예상하신 대로요."

"그런데도 왜 안 가시는 겁니까?"

"때가 아니니까요. 지금의 저는 정의방의 일원이고, 부족하지만 책사를 맡고 있지 않나요?"

부끄러울 리가!

속으로 외쳐보는 정우다. 그녀만 한 책사는 또 어디에도 없을 거다.

또한 시간이 갈수록 자신만의 무공을 확립해 나아가며 일취월장(日就月將)하고 있는 그녀다.

무슨 역할을 맡듯 정의방 내에서 차고도 넘친다는 소리다. 여전히 겸손한 것은 보기 좋긴 하였다.

"그거야 그렇습니다만은…… 저는 그 녀석이 오면 이제는 떠날 줄로 예상하고 있었습니다."

"별일이 없었더라면, 분명 그리했을 겁니다. 하지만 그분의 출현과 함께 다른 소식들도 들어왔잖아요?"

"아……."

왕정이 재출현한 것 외에 다른 소식들.

호사가들을 통해서 들리는 무림의 소식은 결코 하나만이 아니었다.

다른 하나는 녹림도들이 본격적으로 통합을 하고 있다는 소식이었다.

그 일이 별거 아닌 듯 말하는 자들도 있기는 하였으나, 정의방 사람들이 보기에는 꽤나 심각한 문제였다.

특히 제갈혜미의 경우에는 그 소식을 듣자마자 곱디고운 아미를 작게 찡그릴 정도였다.

"무림맹에서도, 무림의 명숙들도 대비를 하지 않고 있지만 상황이 좋지 못함이 확실해요."

그녀의 말이다. 흘려들을 만한 여인이 아니니, 잘은 몰라도 이해를 구하려 하는 정우였다.

"그 정도입니까? 매 대마다 있어왔던 통합이 아닙니까?"

"아뇨. 그렇다고 보기에는 너무 움직임이 조직적이에요. 순식간에 이뤄진 두령의 교체. 뒤를 이은 혈전. 그를 통한 통합까지. 너무 일사불란하달까요?"

"그들도 대를 이어가며 통합을 시도해봤으니, 일사불란해질 법도 하지 않았습니까?"

사람은 같은 일을 하다보면 비법이 생기는 법이다. 그 부분을 집고 넘어가는 정우였다.

녹림도 대를 이어가며 녹림대통합을 시도하는 자들이 있었으니, 제법 일사불란하게 통합을 하지 않겠느냐는 소리다.

"후후. 그 정도 수준을 넘었어요. 아무리 봐도 이건 꽤 오래전부터 준비해 온 일입니다."

"그게 그렇게 문제가 되겠습니까?"

"확실히요. 일부 수로채의 경우에는 일부라도 통합을 막기 위해서라도 움직이겠지요. 그렇게 되면…… 아마도 많은 물길이 막히겠죠."

"수로채가 바빠지는데 물길이 막힌다는 겁니까? 그들이 있어서 되려 물길이 막혀 온 것이 아니구요?"

수적(水賊)들이 모인 곳이 장강수로채들이 아닌가. 중원의 강을 통해서 지나는 상선들을 통해 수적질을 하는 그들이다.

그런 자들이 녹림 통합에 끼어들게 되면 되려 물길이 열리지 않고 막히다니? 말도 안 되는 소리였다.

그녀는 정우의 태도가 재미있는 것인지 한번 웃어 보이고는 고개를 끄덕인다.

"필요악이라는 게 있는 거예요. 그들은 그들만의 규칙이 있고, 그 규칙에 맞춰 중원의 강이 흐르고 있지요."

"그게 그들이 혼란스러워지면 물길이 막히는 것과 무슨 상관입니까?"

"일부의 수로채라도 움직이게 되면 현재에 있던 강의 균형이 깨지게 되지요. 자연스럽게 그 틈을 노리는 다른 수로채도 있기 마련이구요."

"……수로채 내부의 세력도 또한 바뀔지도 모른다는 것이로군요?"

"예. 그리되면 많은 수로채들이 서로 아비규환(阿鼻叫喚)을 만들어 내겠지요. 그 안에서 시달리는 것은……."

뒷말은 듣지 않아도 알아들을 정우였다.

"힘없는 양민, 일부의 상선들이겠군요."

"예. 녹림의 일은 단순히 녹림의 일이 아닌 게 되는 거예요. 비록 산적이라고는 하나 그들 또한 중원의 축을 담당하는 자들이니까요."

"휴우……."

정우로서는 작게만 생각했던 일이다. 아니 정확히는 그의 식견으로는 수로채까지는 눈길이 가지 못했다는 것이 정확하리라.

무를 닦는 것이라면 몰라도, 제갈혜미 정도의 식견은 없는 그로서는 어쩔 수 없는 일이었다.

다만 식견은 부족할지언정 이해도가 떨어지지는 않았다.

"그 녀석에게 가지 못하게 잡기라도 해야 할 판이로군요."

"후후. 그렇지요."

"이럴 때, 나서줘야 하는 것이 무림맹이거늘…… 휴우. 그들에게 다른 기대를 걸기에는 무리겠지요."

정우의 말대로 그들은 녹림채에 대해서 신경을 쓰지 않고 있다.

'내부 다툼을 수습하고자, 사혈련을 친다고 말을 하던가. 휴우……'

사혈련을 치는 것이 정파가 할 일이기는 하나 시기가 좋지 못하였다.

혼란스럽기만 한 중원의 시국에서 혼란을 다시 더하는 것이 정파가 할 일은 아니었으니까.

안 그래도 복잡한 속내를 가지고 있던 정우였건만, 제갈혜미의 이야기까지 더해지니 그 복잡함은 이루 말할 수가 없었다.

"이러고 있을 때가 아니로군요. 우선은 그 녀석보다는 녹림부터 막아야겠습니다."

"전체를 다 적으로 둘 필요는 없을 거예요. 그들의 통합만 막으면 될 일이니까요. 다만……."

왠지 거리낌을 가지며 말을 줄이는 그녀였다. 정우가 다시 물었다.

"또 무슨 문제가 있는 겁니까?"

"다만 제 생각에는…… 이렇게 저희가 나서는 것조차 어떤 각본 하에 있는 것이 아닌가 하는 생각이 드는 것이 문제입니다."

"각본 말입니까?"

"예. 녹림의 혼란, 무림맹의 내분, 사혈련과의 전투, 황궁의 일까지. 너무 많은 것들이 얽혀 있어요. 억측일 수도 있겠지만 그것이 만약 한 집단 혹은 한 사람의 작품이라면……."

"휴우…… 재앙이겠군요."

"예. 감당하기 힘든 어떤 일이 벌어지고 있는 걸지도 모르겠지요."

다시 마교와 같은 자들이 다시금 중원에 재림할지도 모른다는 말은 끝내 말하지 않은 그녀다.

차마 그런 일까지 일어나는 것은 바라지 않기에, 입 밖으로 꺼내지 않은 것일지도 모르겠다.

그녀의 걱정스러운 표정을 한참 바라보던 정우가 분위기를 환기시킨다. 아니, 정의방의 장을 맡고 있는 그로서는 당연한 행위일지도 모르겠다.

"생각하면 복잡하기만 하지만…… 일단은 접어 두겠습니다. 그 큰 것들을 생각할 식견도, 능력도 없으니까요."

"쉬운 인정이시로군요?"

"그 괴물 녀석을 보고 나서부터는 인정할 건, 인정하기로 했습니다. 어쨌건 중요한 것은 저 망할 녹림부터 막아야 한다는 거 아니겠습니까?"

어째 진중하기만 했던 정우가, 왕정과 비슷한 가벼운 말투를 하고 있었다.

"후후. 그렇지요."

"그러니 움직이지요. 하나, 하나 처리하다 보면 언젠가 끝이 보이지 않겠습니까? 그러니 같이 가주시겠습니까?"

끄덕.

"예. 가야지요."

"목적지는 정해둔 곳이 있으십니까?"

"강소. 그곳부터 정리를 해야 할 거예요. 그곳에 길이 있으니까요."

정의방이 정동 쪽 강소를 향해 움직이기 시작했다.

第八章

아미파

아미, 청성, 당가.

시간이 흐르면 모든 것이 변화하듯, 정파라는 기치를 들고 일어난 문파도 때로 변할 수밖에 없었다.

아니 지금에 맞는 표현은 변질이 더 어울릴지도.

사천성을 책임지고 있는 그들 중에서 진정으로 정파라 불릴 만한 문파는 현재는 하나뿐이다. 아미파.

여승들이 모여 만든 아미는 그들의 가치를 여지껏 지키고 있었다.

개파를 한 지 오랜 시간이 흘렀음에도 정파다움을 품에 안고 있는 것이다.

“그들이…… 곧장 사천으로 온다고 합니다.”

시간이 흘러 몇 년만 지나가면 청성과 당가를 제치고 사천 최고의 문파가 될지도 모를 아미에서도 작금의 사태를 살피고 있었다.

독곡을 나오면서부터 북으로 향해 오고 있는 독인들과 그들을 이끌고 있는 익숙한 얼굴. 왕정.

상황이 너무도 뻔하지 않는가.

대화를 하지 않아도 알 수 있었다. 그들의 목적지는 당가이고, 그 수단이 어찌 되었든 복수를 하고자 할 것이다.

왕정에게 당가에 대한 복수란 당연한 일이었다. 일방적으로 당하였고, 또한 일방적으로 공적으로 내몰렸다.

정당하기만 한 복수다.

다만 그 중간에 낀 자들이 문제다. 왕정이 하고자 하는 복수라는 영역이 과연 어디까지일까?

‘당가를 넘어 무림 전체를 노리게 된다면 그 또한 문제…… 당가만을 노린다 해도 그 사이에 끼어 있을 다른 사람들은……휴우. 어렵구나.’

당가에서도 무언가 준비를 하고 있는 듯하나, 백인(百人)의 독곡 인물들이라면 당가도 힘들 수 있었다.

아니 힘들 거다.

홀로 무림을 휘젓는 그들이 백이라니. 생각만 해도 아

찔했다.

복수가 끝나고 난 그 뒤? 알 수가 없다.

"예정된 수순이었지요. 언젠가는 다시 나설 것이라 예상하지 않았습니까?"

"그렇지요. 그래도 독곡의 사람들을 데려온 것은 예상 밖이었습니다. 백이라니요."

독곡에서 나온 그들이 원하는 것도, 그들이 하고자 하는 바도 그 뒤는 예상 자체가 불가능하다.

과연 복수만을 끝마치고 물러날지도 모를 일이다. 그렇기에 그들도 고민을 할 수밖에 없었다.

"휴우. 우인 사태. 어떻게 생각하십니까? 나서야 한다고 보십니까?"

"정파다움이 좋은 것 아니겠습니까? 삿된 수단을 사용할 필요는 없으나, 언제나 그러하듯 움직여야겠지요."

정파다움이란 과연 무엇일까. 아니 시간이 흘러 변질되어 가는 정파에 정파다움이라는 것이 있기는 할 것인가.

어쩌면 다른 문파들처럼 당장은 사태를 관망하고 있는 것이 현실적인 대안일 수도 있었다. 그리하면 당장의 비는 피할 수 있을 것이다.

허나 정파라면, 왕정에게 뜻을 묻고 그 뜻이 정파와 부합하지 않는다면 때로 피해를 감수하고도 부딪칠 수 있어야 했다.

정의를 지키기 위해서 나선 자들이 정파이니, 왕정이 정파에 부합하지 않는 일을 하면 막아야 한다는 소리다.

그게 어떤 결과를 내보이든 순수한 정파라면 그리 움직여야 했다.

"흐음…… 어렵군요."

아미파 장문인이 한참을 두고 고민한다. 그녀의 머리 안에서 많은 생각들이 흘러 지나간다.

'어렵구나…….'

무림맹의 관언에게 힘을 실어주고 있는 그들의 상황, 관언과 왕정의 관계, 함께하고 있는 제갈가와의 이야기까지.

그들이 보기에 무림공적이라고 하기에는 무리가 있는 왕정을 막아야 할지는 고민이 될 수밖에 없었다.

그때 가만 상황을 지켜보던 정민 사태가 나선다.

"정석대로 움직이는 것이 맞지 않겠습니까?"

"정석이라고 한다면 무엇인지요?"

"나가야지요. 언제나 그러했듯이요. 그리고 물어야 합니다. 그들의 뜻이 무엇인지를요. 저희는 정파이니 말입니다."

정파라.

정의라는 가치에 피를 흘리는 그들이 정파가 아니던가.

그들의 희생에 대한 보상도 명예도 주어지지 않을지라도, 자신만의 정의를 위해서 나서는 자들이 그들이었다.

때로는 우직할지도 모를, 아니 현실적인 자들이 보면 어리석어 보일지도 모른 자들이 정파인이다.

이 넓은 중원에서도 얼마 남지 않은 정파, 아미파가 정파인이라는 기치 하에 왕정을 만나기 해서 남하하기 시작했다.

*　　*　　*

남하하는 아미와 북진하는 독곡의 무리가 만나기도 전.

저 멀리 강서에서는 혈전이 벌어지고 있었다.

출발부터 이천이 넘는 인원을 동원하였던 무림맹이 아니던가.

하남에서 출발하여 안휘, 강서에 도착하는 동안 무림맹 무사의 수는 더욱 불어나 물경 삼천을 넘어서 있었다.

"중사파의 아청성이라 합니다. 이번 무림맹에 한 손 보태어 보고 싶습니다!"

"창진의검이라고 하네만…… 같이 할 수 있겠는가?"

때를 노려 공을 세우고자 하는 무리들이 무림맹에 합류를 하게 된 것이다.

대다수는 왕정에게 달려들던 부나방 같은 자들도 있었다. 소수이기는 하지만 개중에는 진정 정파의 정신을 가진 무사도 있기는 했다.

세작의 위험도 있었으나 무림맹의 입장에서 그러한 자들을 물리칠 이유는 없었다.

또한 물리침으로서 사기가 떨어질 수도 있는 터라, 신원이 아주 불확실시되는 자를 제외하고는 전부를 받아들였다.

그렇게 수를 불려 어느덧 강서에 도착을 하자마자 사혈련을 향해서 달려들기 시작한 무림맹이었다.

"시간을 더 줄 필요는 없다. 쳐랏!"

그들을 총 지휘하는 자가 관언이었기에 가능한 빠른 행동력이었다.

사혈련에서도 무림맹이 오기 이전 미리 준비를 하고는 있었지만, 이런 빠른 공격까지는 예상치 못하였다.

사파에 비하여 허례허식이 강한 무림맹이니, 일대일의 대련을 신청하든가 한바탕 연설이라도 날릴 것이라 예상을 했던 것이다.

헌데 관언이 그 허를 그대로 찔러버렸으니!

소싯적 사혈련을 상대로 야차(夜叉)이자, 관철성이라 불리던 그다웠다. 역시 선두에는 관언 그가 있었다.

"다, 달려옵니다!"

"빠르군!"

전력이 부족하면 수로라도 때우는 것이 첫째요.

그도 아니면 이권을 약속하여 중소문파들을 희생시키는 것, 희생량을 세우는 것, 협박을 하여 앞세우는 것까지.

수많은 방법들이 있었다. 바로 사혈련이 정파를 상대로 방어전을 펼칠 때에 사용하는 주된 방법들이다.

이번 무림맹의 공세는 워낙에 많은 시간을 끌었던지라, 사혈련으로서는 침공을 대비할 시간적 여유가 있었다.

쉽게 말해, 저들의 공세를 막기 위해서 야비하고 추악한 방법을 다 동원할 수 있었다는 소리다.

"제, 젠장……."

"살아보자고!"

일사불란하게 움직이고 있는 무림맹과 다르게 사혈련의 무리는 제각기 작은 무리들을 형성하며 모여 있었다.

"후우…… 후우……."

"이놈의 손을 원망해야지. 손을!"

협박에 이기지 못하여 전장에 선 자. 노름빚에 시달리다 못내 나서게 된 무사.

"이번 한방이면 된다. 한 방!"

공적을 세워 사혈련에서 한 자리를 차지해 보고 싶은 자.

"막아라. 이번 한 번이면 승격이다!"

본래부터 사혈련에 적을 두고, 한바탕 날뛰어 보고 싶은 자까지.

각양각색의 환경과 무공의 고하, 출신, 이유들을 가지고 모여든 자들이 전방의 무림맹을 상대로 자세를 잡고 있었다.

백 보. 오십 보.

다시 십 보!

"온다! 막아라!"

"막아!"

무림맹의 공세를 막아보고자 하는 사혈련의 무사들과 지난번의 전투로 이를 잔뜩 갈고 온 무림맹 무사들이 부딪친다.

그 선두!

콰즈즈즉――

"크갹!"

분쇄되어, 갈린다. 막을 수가 없으며, 무기째로 쓰러지는 것은 예사였다. 그 무엇도 막을 수도 없을 것 같은 한 방!

무림맹의 선두가 그 관언이지 않던가.

관철성이란 이름이 괜히 붙여진 것은 아닌 듯 그는 자신을 향해 맞서는 사혈련 무사 대여섯을 순식간에 분쇄하였다.

철컹.

무사들이 사용하는 갑옷과도 비슷한 그의 무구들이 제 할 일을 다한 듯 잠시 숨을 죽인다.

단 한 번의 부딪침이었으나 주변의 사혈련 무사들에게는 그의 부딪침이 전신의 강림과도 같았다.

"미친……."

그 무서움에 손을 덜덜 떨며 검을 놓는 자도 있었으며, 자신도 모르게 뒷걸음질을 치는 자도 있었다.

한 명의 절대 고수!

그로 인해서 사혈련의 선봉이 전부 반 혼수상태에 들게 된 것이다.

전장의 전체를 따지자면 얼마 되지 않는 인원이었으나, 과연 그 효과가 전혀 없다고는 할 수 없었다.

"흐읍……."

한 번의 호흡으로 기세를 정리하고, 정리된 기세를 칼날과 같이 갈아 다시금 관언이 움직이려는 찰나.

많은 사혈련 무사들이 자신도 모르게 몸을 움츠리고 있으려 할 때, 기다렸다는 듯 그가 나섰다.

아니 나설 수밖에 없었다.

"제가 상대해 드리지요!"

관언을 상대로 나설 수 있는 자는 많지 않았었으니까.

"조준! 이번에도인가! 내 지난번의 빚은 잊지 않았다는 것은 알고 있을 터!"

조준과의 마지막 부딪침. 관언이 나서지 않았더라면 무림맹의 많은 무사들이 폭사당할 뻔하였다.

무림인들끼리의 행사에서 폭약을 사용한 일은 비난받아 마땅한 일인 터.

그 이름과 비슷하게 삼국지에 나오는 호웅(豪雄) 관운장과 같이 일갈을 내뱉는 관언이었다.

"서로의 입장 차이 때문에 벌어진 일이었습니다."

그의 기세에 물러날 법도 하건만, 조준은 관언을 향해서 창을 겨누며 자세를 취할 뿐이었다.

"정녕 사파에 가더니…… 변하였군!"

"그럴 수밖에 없음이지요. 정파도 변하는데 저라고 해서 변하지 않겠습니까?"

"후우……."

그때의 일은 그도 어쩔 수 없는 듯 한 번 인상을 찡그리는 관언이다.

그때의 그 일은 관언에게 있어 가장 회한(悔恨)이 어리는 일이기에 어쩔 수 없는 일일 게다.

'그때…… 그때부터 움직였더라면 이런 조우는 일어나지도 않았을 터.'

허나 후회하기에는 너무 늦지 않았던가. 사군창 조준에게는 안 된 일이나, 그의 말대로 서로에게 입장차가 있는 법이다.

지금의 현실은 자신은 무림맹의 무사이자 지휘를 맡은 관언으로서, 사군창 조준은 사혈련의 무사로서 마주하고 있을 뿐이다.

자신을 다스린 관언이 먼저 움직인다.

"먼저 가겠네!"

"오시지요!"

단 칠 보.

고수들에게 있어서는 짧기만 한 거리, 그 안에서 조준의 창과 관언의 권(拳)이 가공할 만한 기파를 내뿜으며 부딪친다.

"좋은 한 수!"

즈아악—

한낱, 피와 살로 만들어진 육신인 주먹일진대 진정 야차의 권이라도 되는 듯 창을 막아내는 관언.

야차를 잡아내는 무신이라도 된 듯, 정제된 기로 창기

(槍氣)를 내뿜어내는 조준이었다.

"이것 또한 막아보시지요!"

"흐읍!"

지상에 강림한 듯한 무신과 지옥에서 인세에 도래한 듯한 야차의 대결이었다.

모순적인 것은 야차로 보이는 관언이 정파이며, 무신과도 같은 강기를 내뿜어내는 조준이 사파의 무사라는 것이 모순일까?

그들 사이에는 다른 어떤 장애물도 없다는 듯, 부딪치고, 노니고, 자웅을 겨루며 둘만의 장(場)을 열어나간다.

그들의 대결을 지켜보던 제갈현이 그대로 명을 내리기 시작한다.

"본격적이군요. 작전대로 갑니다. 청호대 움직이도록 합니다."

"명!"

지금의 그는 제갈가의 사람이 아닌 무림맹의 책사로 와 있는 터. 그의 명은 무림맹 책사로서 적재적소(適材適所)의 명이 되었다.

"청호일진으로 간다!"

"일진입니까?"

"그래!"

무림맹에서도 알아주는 청호대 무사들. 무림 명문 문파들의 자제들 다수가 포진해 있는 그들의 위력은 과연 낮지만은 않았다.

"막아! 막으란 말이다! 도망가지 마라!"

"크으……."

다투고, 으깨지며, 사람이 스러진다. 누가 정파이고, 누가 사파일지 모를 잔혹한 혈화들이 피어나간다.

"아미타불……."

사람이 죽어나가는데 정파가 어디 있고 사파가 어디 있으랴.

정파의 기치를 위함이라지만 살육은 살육. 그 장면을 바라보는 아미파와 소림의 승려들은 속이 편하지만은 않았다.

허나 그들 또한 결국 움직일 수밖에 없었다. 지금 이 자리에 그들이 서게 된 것은 강요가 아닌 그들의 선택인 덕분이다.

"가야 할 때인 듯합니다."

"허허…… 이 죗값을 어찌 치를지……."

관언과 뜻을 같이하기 시작한 그들이 움직이기 시작했다.

피를 흘려가며 격화되어 가는 전투. 그 전장의 아래에서 많은 이들이 스러져가며 마지막을 그려가고 있었다.

바야흐로 무림맹과 사혈련의 본격적 충돌이 일어나게 된 것이다.

第九章

조강지처가 좋더라

정의방이 강소성을 향하여 움직이는 것은 당연한 일이었다. 책사인 제갈혜미의 결정인데 그 누가 반대를 하랴.

무력으로도, 지력으로도 수위를 다투는 그녀이기에 그녀의 결정에 따르는 것은 당연한 이야기였다.

헌데 한상 빙그레 웃음을 지으며 정의방 무사들의 가슴에 불을 지르던 그녀의 미소가 오늘은 지워져 있었다.

미소 대신에 그녀의 아미에 작은 찡그림이 있을 정도였다.

"후……후…… 정말인가요?"

"그럼! 안 그래도 몇 번이고 확인을 했지."

그 출처?

여러 정보를 얻기 위해서 움직인다고 하던 철아영이 돌아와 전해 준 아주 자. 세. 한 소식 덕분이다.

여러 정보의 주인공 중엔 당연히 왕정도 있었다.

정의방의 많은 이들이 왕정 덕분에 영향을 받아 모인 것이기도 하니, 그의 소식을 자세히 알아보는 것은 분명 당연한 일이었다.

"정말?"

"응! 내가 거짓을 말할 이유도 없잖아? 특히나 이화 너한테 말이지."

"……."

무표정을 유지하고 있던 이화 또한 잠시지만 인상을 찡그렸을 정도의 소식이었다.

가만히 자신의 속을 다스리던 제갈혜미가 못내 확인을 한 번 더 해야 한다는 듯이 물었다.

"정녕, 그분의 곁에 여인이 있었던 겁니까?"

"맞아. 개방에서 듣고 놀라서, 따로 하오문에서도 정보를 얻었었던 거라고!"

"……후우."

속이 타는 그녀들의 속을 알 법한 이화로건만, 그녀는 지금의 상황을 즐기기라도 하는 듯 방긋방긋 웃으며 확인사살을 하고 있었다.

"하오문에서도 정보를 얻었다면 정확하겠군요."

"그렇지. 몇 번이고 확인을 해서 귀찮아했을 정도라니까? 후후. 자기 자신도 모르게 철벽(鐵壁)을 치던 녀석이 여자라니!"

여자라고 하면 뻔하지 않은가. 중원에 나오면서부터 왕정에게서 한시도 떨어지지 않은 운민을 말함일 것이다.

"후후. 여자란 말이지요. 여자……."

"……여자라."

아차!

어쩌면 이화로서도 여기까지만 해야 하지 않았나 후회가 들 정도였다.

아름답기만 한 그녀들의 표정은 어느덧 악녀, 아니 악귀라도 된 듯 잔뜩 찡그러졌을 정도였다.

'헤에…… 좀 무서운데…….'

마음을 다스린 것인지, 속내를 숨긴 것인지 모르겠으나 그녀들이 다시 원래의 표정으로 돌아가는 데는 오랜 시간이 걸리지 않았다.

허나 확실한 것은 이화와 제갈혜미 모두 평소 쌓아 놓은 수련이 없었더라면 그 표정이 꽤나 오래 유지가 되었을 게 분명했다.

제갈혜미가 빙긋 웃으며 말한다.

"저희가 이렇게 움직이는 동안 그러셨단 말이지요. 여자라니요. 후후."

"벌이 필요한 듯해."

"아무렴요. 후후."

과연 여자가 한을 품으면 오뉴월에도 서리가 내린다고 하던가.

'난리 났군.'

가만히 옆에서 구경을 하고 있던 정우의 몸이 괜히 섬뜩해질 정도의 한기가 잠시 지나갈 정도였다.

가만히 웃음 짓던 제갈혜미와 무표정으로 돌아왔던 이화가 약속이라도 한 듯 정우를 바라본다.

"이번 녹림 일은 빨리 끝내야겠군요. 분발해 주셔야겠어요."

"……가자."

미소가 미소가 아니었다! 과연!

초절정의 길을 열어가고 있던 정우로서도 흠칫할 만한 무서운 광경이었다.

"무, 물론입니다. 어서 녹림을 정리해야지요."

"예. 후후. 빨리 가야지요. 빨리……."

한을 품은 그녀들이 움직이기 시작했다. 아주 빠르게.

과연 이 소식이 왕정에게 들어가게 되면, 그는 어떤 반응을 보여줄까? 여전히 아무것도 모른다는 듯 철벽을 칠까?

아니면 이제는 제법 경험도 쌓였으니, 잘 대처를 해 줄 것인가.

아직은 모를 일이다.

하지만 하나는 확실했다. 그녀들이 왕정과 다시 조우하는 순간! 제법 고생할 것은 뻔하지 않겠는가?

* * *

왕정과 아미파가 만나는 데는 생각 이상으로 많은 시간이 걸리지 않았다.

둘 모두 같은 방향으로 움직이니 오랜 시간이 걸리면 그게 더 이상하지 않겠는가. 금세 마주친 두 일행이다.

다만 일행이라고 보기엔 한쪽은 백, 다른 한쪽은 수백의 무리를 이끌고 왔으니 그 규모가 컸다.

아미파의 장문인이 직접 행차한 덕에 장로 이하 아미파의 모든 정예들이 전부가 왔다.

그들을 가장 먼저 알아 본 것은 자연스럽게도 하운성이었다. 그는 중원에서 활동하는 무인이었으니 당연한 이야기였다.

"허어…… 아미파에서 장문인까지 오셨군."

"장문인이요?"

"그러네. 내 먼저 가서 움직이도록 하지. 맞이해야 하지 않겠는가."

왕정의 일행과 함께 하고 있는 하운성은 그녀를 맞이하기 위하여 일행에서 벗어나 먼저 움직였다.

그가 움직인 덕분에 아미파는 독곡과의 일차적인 충돌도 없이 마주하는 데에 성공하였다.

'으음…… 왜 함께하려고 하는지 이제야 알겠군.'

하운성이 왕정과 함께하는 것은 이런 일을 방지하려고 움직였던 것이 분명했다. 그가 나서 미리 유혈사태를 방지하고자 했던 것이다.

'운남에서 부나방이 달려들 때야, 어느 정도는 일부러 방치하는 면이 없지 않아 있는 듯하고…….'

진정한 무인이라 생각하고 있는 하운성과 함께 함으로써 유혈사태를 줄일 수 있다면야 그건 그거대로 좋았다.

잠시의 시간이 지나 하운성이 아미파의 여승들과 함께 가까이 다가온다.

육안으로도 확실하게 여승들을 살펴볼 수 있을 정도다.

―허허. 아미파의 여승들이라. 오랜만에 보는구나.

그 가운데에서 사천보살자로 된 백팔염주를 장문염부로

든 자가 장문인 혜인일 것이 분명하였다.

무상금광신공(無想金光神功)을 바탕으로 하여, 난피풍검법(亂披風劍法)을 사용하는 그녀의 무위는 분명 구파일방의 장문인에 어울린다고 할 수 있었다.

비록 사천에서 아미파의 위세가 낮기만 하지만 그것은 사천당가가 선대로부터 잘 해온 덕분이지 그녀의 탓이 아닌 것이다.

그녀가 장문인으로서 부족한 그릇을 가졌더라면, 향후 몇 년 내로 아미파가 사천 제일 문파가 될 것이란 예측도 불가능했을 것이다.

그런 그녀가 왕정과 마주하자 합장을 해 보이고서는 물었다.

"처음 뵙습니다. 아미 장문 혜인이라 합니다. 시주는 무슨 용무로 사천을 향하시는 것인지요?"

왕정이 무엇을 하기 위해 움직이는지 그녀가 모를 리가 없지 않은가. 바보가 아닌 이상에야 무림인이라면 다 알 일이다.

그럼에도 이리 정중하게 묻는다는 것은, 정파인으로서 지키는 그녀의 예의일 것이다.

'휴우. 돌려 말하기인가. 피곤하게 살기는 하는군.'

왕정이야 그런 그녀의 모습에 답답함을 느꼈으나 독존황

은 달랐다.

—장문인이 고개를 숙인다라…… 자리를 떠나 사람이 되었구나.

[그런 걸까요?]

—왜 아니겠느냐. 진심이 담겨 있다. 그러니 너 또한 진심으로 대하는 것이 맞을 것이다. 그게 예의다.

[크흠……]

왕정의 성격상 장문인의 모습은 과례로 보이기도 하였다. 허나 할아비의 말을 무시할 수는 없는 터.

그는 그가 할 수 있는 한 최선의 예를 다하여 답을 하였다. 다만 예의를 깊게 배운 바가 없어 이런 부분에서는 조금 약할 수밖에 없었다.

"무림 초출…… 아니 소인(小人)이라고 해야 할지…… 음……."

진심으로 예를 차리는 정파인을 만나는 것은 별로 없는 일이기에 그러한 것일지도 몰랐다.

그래도 왕정의 잠시의 실수 덕분에 분위기는 조금 환기가 되었다.

"호홋. 과례를 하지 않으셔도 됩니다. 다만 대화를 하고자 함이지요."

"휴우. 대화라…… 좋지요. 진정으로 대화를 하는 것이라면요."

왕정의 말에는 뼈가 들어 있었다. 진정 대화를 원하여 온 것치고는 너무 많은 여승들이 오지 않았는가 하는 표정이다.

장문인도 그것을 눈치챈 듯하다.

"대화가 잘 되지 않을 수도 있어 대비를 했다는 것을 부정하지는 않겠습니다. 하지만 대화를 하고자 하는 의지가 있음은 상기하여 주시지요."

"그렇게까지 말씀을 하신다면야…… 얼마든지 대화를 할 여지는 있습니다."

자리는 확실히 마련되었다.

아미파의 여승들을 안내한 하운성 또한 자신이 낄 자리라고는 여기지 않은 것인지 침묵만을 유지하고 있을 뿐이었다.

독곡의 사람들이야, 중원에서는 왕정의 일만을 따르기로 되어 있는바. 하운성과 같은 침묵뿐이었다.

지금 이 자리는 장문인과 왕정 오직 둘 만의 자리인 것이다.

"먼저 사천을 향해 무슨 용무로 움직이느냐를 물으셨지요?"

"그렇습니다."

"아미파에서도 이미 아실 거라고 생각을 합니다. 하지만 물으신다면 답을 해 드려야겠지요. 당가를 향해 가려합니다."

"……역시 그러하군요."

"예. 많은 일이 있었고, 많은 일을 당하였습니다. 그러하기에 움직이는 것뿐입니다."

이유를 말할 필요가 있겠는가. 하나, 하나 이유를 대고 모든 사정을 설명할 필요도 없었다.

'아미파도 눈과 귀가 있다면 들었을 터…….'

정파의 일익을 담당하고 있는 그들이 아무것도 모르고 있을 리가 없었다. 그러하기에 설명은 간단하였다.

다만 그녀는 안타까운 눈을 하고서는 물었다.

"감내를 하라 말씀을 드리기에는 어렵겠군요."

"당연한 이야기입니다. 그들은 선을 넘어섰으니, 그 대가를 받아야 할 참입니다. 당가인이라면 당연한 일입니다."

"아미타불."

장문인은 차마 왕정을 막을 명분이 없었다.

허나 장문인은 너무 많은 피를 보는 것은 원치 않았다.

"모든 당가인의 피를 보시려는 겁니까?"

무림인으로서 왕정을 막을 수는 없으나, 정파인으로서 왕정에게 호소를 해 보는 것이다.

"일단은…… 손을 날리는 자들은 처리를 해야겠지요."

"자신의 가문을 공격하는데 그 누가 손을 놓고 있겠습니까?"

"저 또한 공격을 하기에 수를 썼었을 따름입니다. 그리고 그 대가가 무림의 공적이란 것이었지요. 하하."

"……."

왠지 모르게 서글퍼진 왕정이다.

사냥꾼으로 살다 죽을 고비에 무공을 익혔다. 단순히 일신의 안위가 평강(平康)하기를 바랐다.

아리따운 각시를 얻고, 적당한 재화를 얻어 전답을 가지고 편히 살아 보는 것. 의술도 익혔으니 이왕이면 사람도 치료하여 보는 것.

그게 다다. 그 이상은 결단코 바라지도 않았던 왕정이다.

헌데 그 대가가 무엇이던가?

암살의 위협에 시달렸으며, 계략에 빠질 뻔하였고, 공적이 되어 공격을 받았다.

서글프지 않고서야 이상한 일이지 않겠는가. 그 서글픔을 느낀 것인지 장문인 또한 잠시 침묵을 지킨다.

"모든 당가인이 그러한 것은 아닙니다."

"모든 당가인이 그러지 않았다고요? 예. 모든 당가인이 공격을 하지는 않았지요. 그렇기는 합니다."

"그러니 그들에게 선처를 보일 수 있지 않겠습니까?"

"하핫. 장문인도 아시잖습니까? 그들은 손을 휘두르지 않았을 뿐이지…… 방조는 하였습니다."

"……아닙니다. 독협은 모르겠으나, 적어도 당가의 움직임을 막으려 한 당가인도 있기는 하였습니다."

"……."

이게 무슨 말일까?

독공이 뛰어나다는 이유로 자신을 공격하기만 하던 당가다. 그런 당가에서도 자신을 공적으로 모는 것을 막는 자가 있기나 했단 말인가?

다른 이의 말이라면 모르겠으나, 아미파 장문인의 말이다. 무조건 무시를 하기에는 내심 걸리는 바가 있었다.

"있었습니까?"

"예…… 당가의 직계에서도 있었습니다. 이는 제가 보증을 할 수 있는 일입니다."

"……후우."

모두가 썩어버린 것은 아니란 말인가?

하지만 아미파 장문인의 말마따나 당가인 모두가 자신을 노린 것이 아니라고 하여도 무슨 상관이란 말인가.

자신은 공격을 당하였다. 곤경에도 처하였었다.

그 대가로 복수를 하고자 함이다.

복수를 하고자 한다는 것은 검을 든, 아니 무공을 익힌 무림인으로서 한 점 부끄러움이 없는 일이다.

그럼에도 아미파의 장문인은 자비를 베풀라 말한다. 당가의 모든 이들에게 손을 쓰지 말라 말한다.

참으라 한다.

자비를 말하는 장문인의 마음이 가식이면 좋으련만, 그녀의 태도에는 오직 진실만이 담겨 있었다.

진심으로 왕정에게 자비를 구하는 태도였다.

'들어는 보아야겠지…… 이 정도의 진심이라면…….'

독곡의 무인들을 상대로 길을 막으려 한 진심. 자비를 말하고자 하는 진심. 불심을 가진 여승으로서 보이는 진심.

그 정도라면 그녀의 말을 듣는다 하여 죄가 되지는 않을 것이다.

그렇기에 물었다.

"……무엇을 원하시는 것인지요? 이런 대화는 어려우니 직설적으로 말씀하여 주셨으면 좋겠습니다."

"선을 그어주시지요."

"선이라 함은?"

"모든 당가인을 죽일 수는 없지 않겠습니까? 그들과 연관된, 아니 당가의 피를 가진 자는 생각 이상으로 많습니다."

"……그렇겠지요."

"그러니 아미파의 장문인으로서 부탁드립니다. 모든 당가인이 아닌…… 그 일에 관련된 자들만을 대상으로 하여주시지요."

관련된 자들만 복수를 해 달라. 그게 가능할까? 아니 어렵다. 그들을 구분하는 것부터가 어려울 것이다.

"그게 가능하겠습니까?"

"……어렵겠지요. 인정합니다."

아미파의 장문인이 그것을 모를 리가 없었다. 그녀는 바보가 아니다.

복수를 하다 보면 때로 많은 희생을 낳는 법이지 않은가. 그러하기에 복수가 허무하다 말하는 것이기도 하다.

선별을 하여 복수를 한다는 것. 그것은 불가능하기만 한 일이다.

'어불성설인 것이지…… 휴우. 어려운 것만 말을 하는군.'

허나 그것에 진심이 있으니!

또한 그 진심을 담은 장문인이 먼저 이야기를 꺼내었으니 수(手)또한 마련을 하였을 것이다.

"장문께서는 너무 어려운 것만을 강요하시는군요."

"아미가 나서 자리를 마련해 보겠습니다. 당가와의 일전을 벌일…… 최대한 피해를 줄일 수 있는 그런 자리를 마련해 보겠습니다."

"하핫. 피해자인 저에게는 너무 가혹하기만 한 조건이군요?"

"……아미타불. 장문인으로서 부탁드리겠습니다."

"장문!"

그녀가 고개를 숙인다. 단순히 인사치레가 아니다. 진심이 담긴 사과다.

아무런 죄도 없는, 이번 사태에 연관이라고는 거의 없는 그녀로건만 왕정에게 부탁을 하기 위해서 고개를 숙인다.

단순히 희생을 줄이기 위해서다.

그것을 위해서 자신의 명예가 떨어질 수 있음에도 그리한다. 그녀의 자리를 생각하면 힘든 일이다.

"……좋습니다. 과연 그것이 가능할지는 모를 일이나 한번 기다려보지요."

"장문으로서 또한 여승으로서 감사를 드립니다. 부족하나마 꼭 자리를 마련하여 보겠습니다. 이것이 아미로서는 최선인 것을 이해해 주시기를……."

장문인의 부탁을 들어 주는 것은 왕정으로서는 손해만 보는 일이다. 참기만 하는 일이며, 말도 안 되는 조건일지도 모른다.

허나 그녀의 진심이 느껴지기에, 그녀의 말에 일견 옳은 점도 있기에 수긍을 한 것이다.

'휴우. 어차피 당가의 피가 섞인 모두를 죽이는 것 또한 어려운 일이지. 자리를 마련해서 그것으로 해결을 할 수 있다면…….'

그건 그거대로 좋을지도 몰랐다.

전멸이 아닌 일전을 통해 봉문을 시키는 것, 그 정도로도 충분한 징치가 될 수 있지 않겠는가?

과연 그녀의 생각대로 될 일인지는 모르나, 아미파의 장문은 몇 번이고 감사를 표하고는 다시금 북을 향해 움직여 나아갔다.

당가를 향해서 움직이기 위하여 그러한 것일 게다.

하염없이 멀어져 가는 아미파 여승들의 모습을 바라보며, 침묵을 유지하던 하운성에게 왕정이 말을 건네 본다.

"여승임에도…… 우직하기만 하군요. 굳이 어려운 길을 가고요."

"그게 무인이며, 정파인이지 않겠는가?"

"그런 겁니까?"

"그런 거네. 안타깝게도 그런 무림인이 많지는 않지만…… 아직 저런 이들이 있어 정파가 살아 있는 것이지 않겠는가."

"그럴지도요. 저런 사람들만 있었더라면……."

자신이 공적이 되는 일은 없었겠다라는 말은 삼키는 왕정이었다.

'이미 벌어진 일을 부정할 것도, 상기할 필요도 없으니까.'

과연 그녀들의 생각대로 될 일인지는 모르나, 아미파는 움직였다.

*　*　*

황궁이 있는 북경에서 혈화를 피워냈던 그녀는 언제나와 같은 모습으로 다시금 북경에 출현을 했다.

달라진 점이 있다면 꽃밭이던 기루에서, 자신에게 머리를 조아리고 있는 고관의 집을 차지하고 있다는 점일 게다.

겉으로 보이는 형태는 고관이 첩실을 들인 형태다.

청렴하기만 했던 고관이 들인 첩실에 북경의 시내에선 꽤나 여러 소문이 돌기는 하였다.

하지만 고관이 첩실 하나 정도 들인다고 해서 문제가 될 것이 뭐가 있겠는가. 아주 없는 일도 아니기에 소문은 금방 잠재워졌다.

허나, 지금 보이는 모습을 보고 있노라면 되려 고관이 첩실인지, 노예인지 구분이 안 될 정도다.

"시원하십니까?"

"호홋. 그래. 거기. 거기가 좋구나. 아홍……."

중원에서 벌어지고 있는 혼란은 아무런 상관도 없다는 듯 한가로운 오후를 즐기는 그녀의 모습에 고관의 얼굴이 헤벌쭉해진다.

지금 하는 그의 행위가 밤에 어떤 보상으로 돌아올지를 잔뜩 기대하는 표정이다.

물론, 보상을 베풀 그녀로서는 현재로서는 보상에 대한 생각이 반 푼어치도 없지만 말이다.

어느 쪽이든 상상으로나마 보상을 즐기고 있으니 행복하기는 한 고관이다.

"으음……."

그때다.

고양이처럼 한가로운 오후를 보내고 있던 그녀의 표정이 잔뜩 굳어진다. 있지 말아야 할 일이 일어난 것처럼.

그녀가 인상을 찡그리자마자, 고관은 아쉽다는 얼굴을 하고는 하던 일을 멈추고 물러난다. 꽤 익숙한 모양새다.

"나와."

"명!"

모습을 드러낸 이는 복면인이다.

낮임에도 자신의 모든 것을 가리고자 함인지 얼굴을 포함하여 온몸을 검은 천으로 꽁꽁 싸매었다.

그는 품에서 작은 서찰을 꺼내고서는 조심스러운 몸짓으로 그녀를 향해 서찰을 건네주었다.

그녀에 대한 소문은 복면인도 익히 들어 알고 있는지라, 그 행동 하나, 하나가 아주 조심스럽기 그지없었다.

그녀는 그 모습에 만족을 했는지, 작게 입술로 호선을 그리고서는 서찰을 펼쳐 읽었다.

아주 잠시 만에 모든 내용을 파악한 그녀가 물었다.

"사혈련이 밀리고 있다고? 흐으응……."

"그렇습니다. 무림맹에서 생각 이상으로 결집을 하였습니다. 환경을 제외한 계책, 무력 전부 차이가 난 듯합니다."

"흐으응…… 웃기는군. 사혈련이 생각 이상으로 무능한걸. 방어전이어서 버텨줄 줄 알았는데 말이지."

본디 그녀에게 사혈련이 밀리든, 무림맹이 이기든 상관은 없었다. 어느 쪽이든 치워야만 하는 패였으니까.

다만 지금이 그때는 아니었다.

거의 다 하기는 하였지만, 아직 황실도 완전하게는 정복하지 못한 상황이지 않은가. 몇몇 장애가 있어 완료를 못한 것이다.

게다가 황궁뿐만 아니라, 그 외에 모든 것들이 현재 진행형일 뿐 계획대로 완료가 된 바가 없었다.

그러니 아직까지는 사혈련과 무림맹이 서로 줄다리기를 해주는 것이 좋았다.

"추가 기울어서야 좋을 것은 없겠지. 황실을 통해서 압박을 넣어보도록 해. 다만 너무 크게는 역시 무리겠지?"

"아무래도 그럴 듯합니다. 이미 사혈련을 한번 압박을 한지라 모양새가 좋지 못하기도 합니다."

"흐으응…… 타당하기는 하구나."

그녀의 머리가 복잡하게 돌아간다. 그동안 준비해 온 패 중에서 어떤 패를 사용할 수 있을지를 생각해 보는 듯했다.

"숲에서는 준비가 끝났다더냐?"

"아직이라고 합니다. 정의방이라는 자들의 방해가 있는지라……."

"흐으응……."

정의방이라. 그 초짜들이 무슨 수로 움직였을까하고 생각해 보는 그녀다.

어느 쪽으로든 마음에 들지 않는 상황이었다.

"완전히 준비를 하고 꺼내보려고 했는데…… 안 되겠구나. 일부라도 쓰기는 해야겠지. 일부라도 있지 않겠더냐?"

"있기는 합니다만은…… 많이 부족합니다."

"어쩔 수 없음이지. 그 정도를 마련하는 것도 쉬운 일은 아니었으니까."

"그렇습니다."

"공멸이 가장 좋은 그림이거늘…… 그리하지는 못하고 있으니 어쩔 수 없구나. 다채롭게 움직여 보아야겠지."

황제. 녹림. 마지막으로.

'사천…… 그래. 사천에 그림을 그리는 것도 나쁘지 않을지도……'

왕정이 있을 사천에 그녀가 머릿속에 그려지고 있는 자신만의 그림을 수놓아 본다.

그녀는 모든 계산이 끝난 것인 듯 전해 받았던 서찰을 삼매진화로 태우고는 같은 재질의 종이로 급히 서찰을 쓰기 시작하였다.

여러 곳에 보내는 것인 듯, 급히 쓰는 편지의 수가 적지만은 않았다.

나른한 고양이의 모습을 하고 있는 것과는 따르게 일필휘지(一筆揮之)의 명필이 안을 빽빽이 채우고 있었다.

"지급으로 보내도록 하거라."

"명!"

그녀의 머릿속을 채우고 있는 중원은 과연 어떠한 것일까.
북경에서 자란 혈화가 중원 전역으로 퍼지고 있었다.

第十章

그들도 분노하다

사천과 운남의 경계.

사천도, 운남도 아닌 그곳에서 왕정과 독인들은 기다려 주었다. 진정한 정파인으로서의 모습을 보인 아미의 장문인에 대한 예우였다.

“기다려보지요. 이대로도 나쁠 것은 없으니까요. 크게 대련을 벌여서 시선을 끄는 것도 나쁠 것은 없겠지요. 계획상.”

“너무 유하게 가는 게 아닌가 싶기는 합니다.”

“흐음…… 좋네.”

그사이 독곡의 사람들을 설득하기도 했다.

오랜 시간이 걸릴 것은 아니지만 함께하기로 한 인물들이니 설득은 당연히 필요한 일이었다.

호일운이 작은 반발을 하기는 하였다.

허나 그라고 해서 피를 보는 것을 즐기는 성정은 아니었다. 다만 그는 무를 겨루는 데 중점을 두는 이가 아니던가.

"크게 대련장이 마련되면 그게 더 즐길 만하지 않겠습니까?"

"흐음……."

"가장 먼저 대결을 펼칠 수 있게 도와 드리지요."

"독인께서 그렇게까지 말을 하신다면야 이번만 속아드리겠습니다. 하지만 너무 끌려 다니는 것도 좋지 못하기는 하군요."

"그 말 염두해 두지요."

적당한 설득과 대련에서의 우선권을 주는 것으로 그를 설득하는 데 성공한 왕정이었다.

기본적으로 왕정에 대한 믿음이 깔려 있기에 설득이 주요하게 먹힌 것이기도 할 것이다. 호일운도 바보는 아니었으니까.

일과를 보낼 때보다는 기다림의 시간이 더욱 지루하게 느껴지는 것은 당연한 이야기인 터.

왕정 또한 아미파의 여승들이 소식을 가져다주기까지 지루하기만 한 시간을 보내고 있었다.

"지루하네요."

—허허. 시일이 걸리기는 하겠지.

"휴우. 가끔씩 오는 멍청한 놈들도 이상하게 보이지가 않는군요."

명성을 노리고 달려드는 부나방들을 말함이다.

점창의 통제가 잘 먹힌 것인지, 그도 아니면 사천에서 무슨 일이 벌어지고 있는 것인지는 몰라도 달려드는 무인들이 없었다.

평상시라면 귀찮기만 한 놈들이었으나, 지금과 같이 한가할 때는 그런 자들도 꽤나 심심찮은 상대가 되지 않겠는가.

헌데 보이지가 않으니 문제다.

"개똥도 약에 쓰려면 없다더니. 흐유……."

—허허. 그렇게 심심하면 문주의 무공이라도 봐주는 것이 어떻더냐?

"음…… 그러고야 싶기는 한데, 보는 시선도 있고. 지금만 보더라도 생각보다 잘하고 있잖아요?"

왕정의 눈짓이 닿는 곳에 운민이 있었다.

—과연 그러하긴 하구나.

그녀는 일독지문의 문주로서 독인 선출 시험에 나서지 못한 것이 한이라도 되는 듯, 쉼 없이 몸을 움직이는 대련을 즐기고 있었다.

"하아앗! 어제랑은 다릅니다!"

"어헛! 어딜!"

함께 온 백인의 독인들은 물론이고, 패배를 할 것을 알면서도 호일운과 안일지에게까지 배움을 청할 정도였다.

그녀의 열의에 전염이 된 것인지 심심찮게 다른 무인들도 대련을 벌이고 있을 정도였다.

한가해하는 왕정과 다르게 그들은 나름 그 열의 덕분에 꽤 좋은 시간을 보내고 있는 상황이었다.

"좋을 때로군요."

—또 늙은이처럼 구는구나. 허허. 무인이 다 되었나 싶으면 다시금 아닌 것처럼 구니 도무지 종을 잡을 수 없구나.

왕정으로서는 부나방을 처리하는 일이라면 모를까, 독인들과의 대련은 아무래도 맞지 않는 터라 자제하고 있을 뿐이었다.

"이상하게 대련만 하면 과열이 되어 버리니 수가 없기는 하잖아요?"

—흐음…… 네가 도발이 심해서 그런 것이니라. 대련에서도 도발을 해서야, 원!

왕정은 무공의 대련도 대련이나, 때로 격심지계 또한 하나의 수단이라고 보는 인간이었다.

그러니 그와의 대결을 하다 보면 대체로 과열이 되는 법이 자주 있었고, 덕분에 이렇게 대련도 벌이지 않고 쉬고 있는 터였다.

"제대로 해야 하니 그런 거지요. 에휴우. 어쨌거나 아미가 잘해 줄지를 모르겠군요."

—……이미 알잖으냐. 무리일 거다. 무리.

"그래도 일말의 희망을 한번 가져보기는 하지요. 안 될 것을 알더라도…… 그게 마지막 예의인 셈으로 치고요."

—허허…… 진심이 통하기만 하면 될 일이거늘…… 일단 기다려 보자꾸나.

*　　*　　*

지루함에 못 이기고 있는 그 시간.

나쁜 예상은 빗나가는 법이 없다는 것을 증명하는 것인지 아미파는 그 바람을 제대로 이루기 힘든 상태였다.

왕정이 기다려 주는 것이 못내 마음에 걸린 아미파의 여승들은 일행을 나누고 할 것도 없이 바로 북으로 움직였었다.

위세가 다소 떨어진 아미파라고 하더라도 명파는 명파다.

어지간한 자들이 시비를 걸 리는 없었기에 그들이 도착하는 데는 그리 많은 시간이 걸리지 않았다.

"금방이로구나."

"그래도 많은 분들이 편의를 봐 준 덕분에 쉽게 온 듯합니다."

일부 사람들은 여승들에게 시주를 대신해서 그들이 가는 길에 편의를 봐주었을 정도였다.

당가가 있는 성도(成都)에 아미파의 여승들의 발길이 닿자 자연 많은 사람들이 그들을 주목하였다.

"아미의 여승들이 아니신가?"

"한, 둘 정도야 모르겠는데…… 허어. 백이 넘으시는군."

성도는 당가의 영역이지 않던가.

그곳에 본가가 있으니 당가의 숨결이 가장 크게 닿는 곳이 성도라 봐도 무방하였다.

같은 정파이기에 성도에 아미파의 출입이 금지된 것은 아니다. 그렇다 해도 한 번에 많은 여승들이 행차하는 것은 진귀한 광경이었다.

자연 시선이 모일 수밖에 없었다. 인산인해다.

"성도는 올 때마다 변하는군."

"그만큼 발전을 하는 듯합니다."

"암자와는 또 다른 분위기일세. 호호."

적당한 담소. 차분히 옮기는 발걸음이 이어졌다.

당가의 영역인 성도에는 당가의 눈과 귀가 어디에나 있으니, 그동안에 당가의 사람들도 아미파의 여승들이 왔음을 알 것이 분명하였다.

사천제일당문(四川第一唐門)

고즈넉하기보다는, 자신들의 드높은 기상을 대변하는 듯한 시원스러운 글자가 양각된 현판이 여승들을 맞이한다.

"왔군요. 헌데……."

"크흠……."

바로 앞을 차지하고 있는 당가의 현판을 바라보는 여승들의 심기는 그리 좋지 못하였다.

그들을 기다리고 있는 것은 사천당가의 가주도, 장로도 아닌 단둘뿐인 문지기밖에 없었기 때문이다.

그 많던 방문객들도 모두 어디로 간 것인지, 두 문은 굳게만 닫혀 있었다.

그러니 항시 자애로움을 보여주던 장문인의 표정도 굳어 있을 수밖에 없었다.

"명백한 표시로군요."

"다른 이유가 있을 수도 있지 않겠습니까? 그들 나름의 준비를……."

"되었습니다. 휴우……."

아미파 여승들이 온 것을 뻔히 알고 있음에도, 굳게 닫힌 문이라니. 명백한 거절의 표시다.

당가의 사람들은 아미파의 여승들이 오는 것 그 자체를 거절한 것이다.

이야기를 들어볼 필요도 없다는 듯한 축객령이라니!

같은 정파인임에도 아미를 무시한 처사라고 밖에는 달리 할 말이 없었다.

개 중에 젊은 여승들을 화를 내는 자도 있었을 정도였다. 치밀어 오르는 분노에 마음을 다스리지 못한 것이다.

"이……이……."

"그만하여라. 수행하는 자가 자신을 다스리지 못해서야 되겠느냐."

애써 그들을 다독이는 장로들도 그 마음이 편해 보이지만은 않았다.

"기별을 넣어보도록 하게나."

축객령이나 확인을 해 보아야 했다.

그렇기에 장문인은 끓어오르는 마음을 급히 다스리고는 아미파의 여승 중에 하나를 보내었다.

장문인의 명을 누가 거역하랴.

지목을 받은 여승은 분노에 가득 찬 마음을 가지고 있음에도, 예를 지켜가며 당가의 문지기에게 아미파의 여승들이 왔음을 기별로 넣어 달라 부탁하였다.

"아미파의 장문께서 오셨다고 전해 주시지요."

"높으신 분들은 이미 청성으로 움직인 것으로 알고 있소이다."

높으신 분들은 이미 움직였다니. 그럼 지금 있는 아미파 장문인은 낮은 이라는 소리인가?

축객령을 떠나 예를 지키지 않아도 너무 안 지켰다. 여승이 다시 되물었다.

"……다시 말씀해 주시지요."

그 기세에 움찔한 것인지, 당가의 문을 맡은 문지기가 이번에는 조심스레 입을 열었다.

"모두가 떠나셨소이다. 장문인을 맞이할 수 있는 사람조차 없소이다."

"그래도 책임자는 있지 않겠습니까?"

"있는 자는 무공을 익히지 않은 식솔들뿐이오. 전대의 장로분들이 계시나…… 그분들은 이미 무림을 은퇴한 분들이니 맞이를 할 수가 없소."

"……알겠습니다."

이렇게까지 이야기를 하면 어찌 들어가겠다 말할 수가 있으랴. 자존심만 상하는 이야기가 될 수밖에 없었다.

입을 아프게 떠들어 보아야 들어가지 못하는 것은 당연한 이야기였다.

“사람이 없어 들일 수가 없다 합니다. 모두 청성으로 갔다는 소식뿐입니다.”

“청성이라…….”

여승은 있는 그대로를 가감 없이 장문인에게 전하였다. 간단한 이야기인지라 그녀가 빼고 말고 할 것도 없는 이야기였다.

‘진정 크게 피를 보려고 한다는 말인가…….’

청성을 말하는 장문인의 표정은 곧게 펴질 수가 없었다.

당가가 자신들이 방문한 의도를 읽지 못한 건 아니었을 것이다. 그들이 바보였다면 사천 제일의 문파가 되지는 못했을 것이다.

모든 것을 알고 있음에도 아미파의 여승들이 오는 것을 명백하게 거절하다니!

피를 보자고 하는 것이 아니고서야, 달리 무슨 이유가 있을까? 정파인다운 생각은 결코 아니었다.

“청성으로 움직입니까?”

“가보아야 무슨 소용이 있겠는가.”

"……."

지금 여승들이 당하는 일은 수모였다.

당장, 강호의 호사가들은 아미가 당문의 문턱조차 넘지 못하는 수모를 당했다고 떠들고 다닐 것이 분명하였다.

같은 정파, 수백 년을 같이 한 동지라고 느꼈던 자들의 배신이나 마찬가지이니 소문이 도는 것도 당연했다.

"세상사 모든 일이 하나로 이어져, 인연소기(因緣所起)라 하였거늘. 어찌 당가는 홀로 독존을 하려고 하는 것인지……."

잡아함경에서 말하였다.

이것이 있으니 저것이 있고(차유고피유此有故彼有), 이것이 생함으로써 저것 또한 생하게 된다(차생고피생此生故彼生).

이것이 없어짐으로써 저것이 없어지고(차무고피무此無故彼無), 이것이 멸함에 저것이 멸한다(차멸고피멸此滅故彼滅).

장문인은 세상사 만물 모든 것들이 이어져 있음에, 서로가 주고받는 의존의 관계임에도 아집에 빠져드는 당가를 염려하는 것일지도 몰랐다.

뛰어난 무공만큼이나 불심이 깊은 그녀로서는, 자애로움이 전해지기는커녕 눈앞에 혈화가 피어나려 하니 안타까울 수밖에.

"다시 남쪽으로 가겠습니다."

"남쪽으로 말입니까?"

"예. 당가에서 들어주지 않는다면…… 독협인 그에게라도 다시금 호소를 해봐야 하지 않겠습니까?"

"휴우…… 어려울 일입니다."

"최소한의 피가 흐르기를 바랄 수밖에요."

수모를 당한 아미가 귀환을 택하지 않았다.

자비로 움직였음에도 남은 것은 수모뿐이었으나, 마지막 희망을 위해서 움직이기로 한 게다.

어리석어 보일지도 모르는 행보다.

이익도 없으며, 오직 수모만을 당했기에 분노를 하여도 누구 하나 뭐라 하지 않을 것이다.

사파였다면 자신이 당한 수모에 왕정에게 붙어, 당가와의 전투에 한 손을 보탰을지도 모를 일이었다.

그럼에도 그들은 묵묵히 걸음을 옮기었다.

"가지요."

"예."

그들로부터 자연스럽게 경애가 느껴지는 것은 그들이 진정한 정파인의 행보를 보여서이지 않을까?

때때로 혼탁해지는 세상이 되었음에도, 정화(淨化)가 일어나는 것은 이들과 같은 소수 덕분일지도 몰랐다.

第十一章

새로운 활약

통상적으로 힘을 겨루는 승부에서 검을 든 이는 도끼와 같은 중병을 든 이에게 불리한 면이 있다.

내공을 사용하는 고수들끼리는, 다른 양상을 보이기는 하나 같은 경지라고 한다면 다시금 불리할 수밖에 없었다.

괜히 중, 쾌, 환 같은 분류로 무공을 나누는 것이 아닌 것이다.

"이익!"

헌데 검을 든 자가, 사람 몸통만 한 부(斧)를 든 덩치를 압도하고 있었다.

무기의 크기를 떠나 체급이 전혀 다름에도, 그 차이가 전혀 느껴지지 않는다는 듯 일방적이었다.

압도하고 있는 이는 바로 정우였다.

힘 대 힘의 전투라니. 소설의 주인공 같은 수려한 외모를 가진 그치고는 꽤나 투박한 전투였다.

"혈패천왕(血川覇王)은 무슨…… 왕이 들어간 아깝구나."

"크으……."

"끝내지."

즈악—

아직도 더 힘이 남았던 것인가? 내공을 더욱 끌어 올려 혈패천왕이라는 자의 부를 그대로 밀어붙이는 정우다.

혈패천왕이 든 부는 양날로 이루어진 부였다. 평소 양날의 거대한 부를 들고는 상대를 반 토막 내기를 즐겼었던 그인 것이다.

헌데 그 일을 자신이 반대로 당할 줄이야!

"크……그, 그마……."

상대의 피만을 머금으며, 강소성의 강포현을 두려움에 떨게 하던 그가 무너져 내리고 있었다.

푸아아아악!

그 덩치만큼이나 많은 상당한 양의 피를 뿜어내는 혈천패왕이었다.

반 보를 움직이는 것으로 그의 핏줄기를 피한 정우가, 무심한 표정을 하고는 자신의 뒤를 바라본다.

그가 바라보는 시선의 끝에는 제갈혜미가 자리하고 있었다.

그녀는 눈짓으로 수고했다는 표현을 하고는 바로 수신호를 보내어 다음으로 쳐야 할 곳을 가리켰다.

"소패웅도(燒霸熊刀)!"

"크핫! 고작 그 정도였더냐. 날파리들이 재주를 부리는구나."

"도적새끼가! 베어 버렷!"

"후우…… 후우……."

그곳에는 정의방 무사들이 분투를 벌이고는 있으나, 밀리고 있는 적재적소의 자리였다.

'어서 가야겠군.'

상황을 바로 이해한 정우는 그녀의 지시에 따라 도를 날리고 있는 소패웅도를 향해서 튀어나간다.

"내가 하지."

소패웅도를 분쇄하려 움직이는 정우의 옆으로 어느샌가 자리한 이화가 눈을 빛낸다.

소패웅도의 무력에 회가 동한 것이 분명한 모습이었다.

'욕심을 부릴 필요는 없지.'

좋은 상대가 될지도 모르지만 오랜만에 회가 동한 이화

의 모습이 아니던가. 이 정도 양보는 양보도 아니었다.

그는 즉시 다른 곳을 찾았다.

"좋아. 그렇다면, 나는 저쪽이겠군."

이번에는 다른 방향이다. 철아영이 분투를 벌이고는 있으나 부족한 곳을 찾아 정우 또한 움직이기 시작한다.

제갈혜미의 지시, 철아영의 보조, 정우와 이화의 활약. 마지막으로 자신의 모든 것들을 불사르는 정의방 무사들.

네 박자가 본래부터 하나였다는 듯 어우러지기 시작하니, 녹림의 말석을 차지하고 있던 웅적산의 산채를 처리하는 것도 금방이었다.

제갈혜미의 계획대로 녹림의 행보를 막아내어 가고 있는 것이다.

* * *

상황을 정리하는 것은 생각보다 금방 끝이 났다.

재화를 노리고 산채를 친 것도 아니기에, 복잡하게 조사를 한다거나 할 필요도 없었다.

눈에 보이는 재화는 적당히 활동비에 도움이 될 만큼만 꺼내어들고, 나머지는 양민들에게 챙겨 준다.

그러고는 기름을 먹여 화르륵—하고 불타오르는 산채를

감상하면 끝일 따름이다.

주변의 숲도 좀 타기는 하겠지만, 이리해 두면 산채 하나가 정리되는 것도 금방이다.

산채가 융성했던 때를 기리기라도 한 것인지, 꽤나 거대했던 모습을 가지고 있던 산채였기에 불줄기는 꽤나 거대했다.

멀리서 바라보고 있는 정의방의 무사들마저도 얼굴이 붉어질 만큼이었다.

정우나 이화도 가만히 불타오르는 산채를 바라보다, 언뜻 생각이 난 것인지 오래된 것 같은 옛일을 꺼내어 본다.

"왕정 녀석은 일류이던 시절에 산채 하나를 쉽게 정리하지 않았던가? 그래서 별호도 생겼던 거고."

"처음 무림에서 이름을 날렸다면 날린 사건이지. 녹림에 들지 못하는 머릿수만 키운 산채였기는 하지만 머릿수는 녹림 이상이었지."

"괴물이라니까……."

"확실히."

무인이 어느 경지에 올라야 천이 넘는 사람을 상대할 수 있을까.

설사 무공을 익히지 않은 양민을 상대로 하더라도 천을 베는 것은 지난한 일이다.

단순히 검을 천 번 휘두르는 수준이 아니다. 검을 천 번 휘두르는 것이야 제대로 배운 무인이라면 십 대에 수없이 했을 일이다.

다만 생을 끊는 것은 다르다.

때때로, 첫 살인으로 무너지는 무인들도 있듯이, 다른 이의 생을 앗아간다는 것은 그만큼 대단한 무게감을 지닌다.

왕정이라고 해서 살인마는 아니었으니 그런 무게감을 전혀 느끼지 못했을 리가 없었다.

아니, 정우나 이화가 알고 있는 왕정대로라면 사람을 죽이는 것에 자신도 모르게 많은 죄책감을 느꼈을 것이다.

그것이 설사 사람이 사람을 상하게 하는 산적이라 하더라도 말이다.

"그래서 자신이 무림인이라는 것을 인정하기 싫었던 것일까?"

"아무래도…… 보통 일은 아니었지."

독을 사용했다지만, 도구의 차이일 뿐 많은 이를 죽였지 않은가.

힘이 있고 없고를 떠나 보통 어려운 일이 아니다. 새삼 느껴지지만 왕정이란 놈도 꽤나 강심장인 녀석이다.

"녀석이라면 사냥꾼의 기질 덕분이라고 하겠지?"

"푸훗…… 아무래도. 그럴 만도 하지. 자아, 그나저나 이곳도 정리가 되었는데 다음은 어디죠, 군사님?"

정우와 두런두런 이야기를 나누던 이화가 제갈혜미를 바라본다.

그녀의 말대로 이곳을 정리하였으니, 다음의 행선지가 어딘지 궁금한 것이다.

지금까지 제갈혜미의 계책은 제법 잘 먹혀왔다. 덕분인지 녹림 또한 통합의 속도가 늦어지고 있을 정도였다.

이화가 많은 정보를 물어다 주기는 하였으나, 그걸 활용한 것은 제갈혜미 그녀이니 확실히 대단했다.

이제는 모두 전적으로 제갈혜미만을 바라보며 목적지를 구하는 상태였다. 괜히 무림에 소문난 천재가 아닌 것이다.

"이쯤 되었으니…… 육합현을 통해서 다른 산채 여럿이 쳐들어올 겁니다. 적어도 셋은 오겠지요."

"호오…… 셋이라…… 많긴 하군요."

녹림칠십이채의 하위 서열이라고 하는 산채도 어지간한 중소문파 급이다. 그런 녹림채가 무려 셋이라?

하나를 상대하는 것은 제갈혜미의 계책과 더불어 쉬이 가능하다고 해도 셋은 아무래도 무리라고 할 수밖에 없다.

그 수만 해도 무공을 익힌 자로만 수천은 될 게다.

"예. 많지요. 하지만 이들을 일거에 처리해야만 합니다."

"일거예요? 무리 아닙니까."

"해야 합니다. 그래야 녹림총채주의 반대 세력이 균형추가 맞게 되니까요."

"흐음……."

"걱정 마시기를…… 제 출신이 어디신지 아시잖습니까?"

제갈가 출신인 그녀다.

하지만 제갈가는 이곳 강소가 뿌리가 아니다. 게다가 제갈가는 무림맹의 행사를 돕고 있지 않은가.

아무리 그녀의 출신이 오대세가 중에 하나라고 하지만 당장에 도움을 구하는 것은 어불성설이다.

헌데 그녀의 미소는 여전했다.

"안휘에 작은 도움을 요청하였습니다."

"안휘라…… 설마."

"남궁가의 검께서 달려오고 계십니다. 아주 잠시 힘을 보태어 주시기로 하셨지요."

"한발 앞서가셨군요. 그나저나…… 그리되면 본가의 사람들도 보기는 하겠군요."

정우는 남궁가의 서자다. 그가 익히고 있는 무공의 뿌리는 남궁가의 것인 터. 어쩌면 자신의 아버지도 함께 자리할지도 몰랐다.

"그 부분은 죄송합니다. 하지만 어쩔 수가 없었습니다."

"아닙니다. 해야 할 일이지요. 개인사에 일을 그르칠 나이는 지나지 않았습니까? 하핫."

"이해해 주셔서 감사합니다. 결례는 결과로 갚도록 하겠습니다."

"기대하지요!"

역시 제갈혜미다. 남들이 한 수 앞을 볼 때, 홀로 몇 수는 앞서서 보는 그녀다. 그녀의 준비는 확실하였다.

"당연히 해야 할 일이지요. 어서 끝을 내야 하니까요. 그래야…… 그분도 뵙겠지요."

"……벌도."

뛰어난 머리답게 왕정의 여자 문제도 처리할 의욕이 넘쳐나는 그녀였다.

얼마 지나지 않아 강서 무림의 호사가들이 무림 전역을 돌며 이야기보따리를 풀기 시작했다.

무림맹에 회의를 느낀 무사들이 떠나 만들었다는 정의방이 오대세가에 도움을 청하다.

오대세가인 남궁가와 더불어 가우채(假寓寨), 근서채(根西寨), 왕호채(王號寨)를 기습을 통해 일거에 무너트리다.

그 중심에는 남궁가의 자랑 창천검(蒼天劍) 남궁우언과 정의방주 정우가 자리하였다.

강서성에서 새로운 무림의 영웅들이 나타나고 그들에 의

하여, 녹림 수로채의 지원이 늦어지고 있었다.

정의방의 활약을 말하는 호사가들은 중원의 다른 이들에게 물었다.

"무림맹이 해야 할 일을, 다른 이들이 나서서 하고 있으니 무림맹은 과연 무슨 행사를 하고 있는 것인가?"

정파를 대표하던 그들이, 정파다운 일에 집중을 하지 않고 있으니 나오는 물음이었을 것이다.

"무림맹에 밀리고 있는 사혈련은 같은 사파로 불리던 녹림을 도울 것인가?"

과연 그들을 같은 사파라고 해야 할지, 따로라고 봐야 할지는 사혈련이 먼저 입장을 정리할 터.

"사혈련이라면 자신의 위기를 헤쳐 나가는 데 집중을 하지 않겠는가? 사혈련주가 방안을 찾을 것이 분명하다."

많은 이들이 추측을 낳고, 또한 앞으로에 대해서 점쳐보면서 중원 무림의 앞으로를 논하고 있었다.

무림에 반쯤 발을 걸치고 있으면서도, 무림인이라고 보기 어려운 그들은 단지 지금의 상황을 즐길 뿐이었다.

그 사이에 아주 약간씩의 야료가 뿌려지는 것을 눈치채는 자는 그리 많지가 않았다.

"延尾竟捉(연미경착)이라 했으니…… 꼬리를 찾은 듯하오."

"호오. 어디요?"

"그것이…… 아무래도 개방 홀로 처리할 일은 아닌 듯하오이다. 휴우."

"자세히 이야기를 해 보지요."

있다면 개방 정도였으리라. 그들의 대응이 중요해졌다.

*　　*　　*

"이 일을 어찌할꼬. 무량수불……."

무인이라기보다는 천상 정치인이라고 보는 것이 더 어울리는 화웅 진인이다.

왕정을 무림 공적으로 몰 때까지만 해도, 기세가 등등하던 그였건만 지금은 반쯤 사색이 되어 있었다.

독곡의 독인.

그것도 백이나 되는 수가 한 번에 나왔다는 것에 한 번 놀라고, 그 중심에는 왕정이 있다는 것에 두 번 놀라 그러한 것이리라.

무림인이라기보다는 정치인인 그답게, 독곡의 백인이 주는 파급력은 그가 더욱 잘 알았다.

정치가로서 강자에게 약하고, 약자에게 강하려면 그만큼 계산이 빨라야 하니 당연한 이야기다.

대부분 실력보다는 정치력으로 장로의 자리를 차지한 수

가 장로의 반수 이상이 되는 청성으로서는 비상사태였다.

'이러려고 당가와 한 배에 탄 것이 아니지 않았던가.'

'당장에라도 물러나는 것이…….'

'차라리 끝까지 한 배를 타는 것이 후사를 도모하는 데는 나을 수도 있소이다.'

당가의 사람들이 오기 이전에 많은 의견들이 오고 간 청성이다.

아직까지 어떤 결정을 내리지는 못하던 찰나에, 당가의 가주 당기전이 몸소 청성에 찾아왔다.

그것도 수백의 당가 식솔들을 직접 이끌고 온 그다.

아미파의 방문을 거절했던 당가 같은 배짱은 없는 그들이 아닌가. 당가의 방문을 거절할 수는 없는 청성이었다.

"오랜만에 뵙소이다. 하핫."

당기전은 호탕하게 웃건만, 여전히 사색인 화웅 진인이었다.

평소라면 안부부터 물으며 이야기의 흐름을 잡으려 노력할 법도 하건만, 그는 대뜸 당기전에게 물었다.

"아미의 말을 따르는 게 좋지 않았겠소이까? 그들이 자리를 잡아주려 했다는 말도 있소이다."

"아미라…… 그들이 본가에 들르려 움직이고 있다는 말은 듣긴 하였습니다."

아직 아미가 당가의 본가에 닿은 소식까지는 듣지 못한 당기전인 듯하였다.

아미가 되돌아간 소식을 받지 못한 것은, 청성으로 이동을 하느라 듣지 못한 것이 분명하였다.

그래도 사천에 정보망이 있어 아미가 무얼 하려는지 대략적인 예상이야 이미 하고 있는 듯했다.

당기전의 말에 화웅 진인이 반색을 한다.

"들었으면 당장 아미를 찾아가야 하지 않겠소이까? 일전을 벌이는 것보다는 차라리 대련이 낫지 않겠소?"

"대련이라…… 그렇게 끝날 문제라기엔 이미 선을 넘었지 않습니까? 될 일도 아니지요."

"아미도 무슨 수가 있으니 움직였지 않겠소? 이미 그 독인들과 만나기도 했고."

"허허. 무슨 수가 있기야 하겠습니까."

"그래도 아미는 아미가 아니겠소이까. 그들도 나름 수가 있는 게 분명할 겁니다."

"어불성설입니다."

왕정이 아미 장문인의 진심을 받아들였었다는 것은 생각지도 못하는 당기전이다.

하기사, 사람이란 온연히 자신만의 시선으로 타인의 시선 또한 재단하는 존재이지 않은가.

당기전 그에게 있어, 누군가의 진심을 받아들여 자신을 뜻을 꺾는다는 것은 상상치도 못하는 행위일지도 몰랐다.

게다가 어느 정도는 왕정이 무림인답지 않게, 아미 장문인의 말을 들어 준 바도 있지 않았던가.

그 누가 진심이 전해졌다고 하여, 복수를 함에 있어 조금이나마 뜻을 바꿀까.

다른 무인들에 비하여 생각이 유연한 편인 왕정이나 가능한 일이지, 다른 이라면 꿈에도 못 꿀 일이다.

그러니 당기전, 그의 생각이 십 중 십 할 틀렸다고는 할 수 없는 일이었다.

"휴우…… 그럼 당가는 무얼 원하기에 이곳까지 어렵게 자리를 한 것이오이까?"

"무엇을 원하겠습니까?"

같은 배를 탄 사이다. 공동의 적이라고 할 수 있는 왕정도 있다.

또한 왕정이 사천을 향해서 곧게 진격을 하고 있는 것은 무림에 파다하게 소문이 난 일이다.

현 무림에 많은 일들이 있어, 그 심각함이 적게 전해진 감이 있기야 하지만은 모르는 자들은 없었다.

그런 상황에 당가의 가주가 직접 청성의 장로를 찾아왔으니!

"같이 나서주기를 원하시는 겁니까?"

"이왕이면 그리하면 좋겠습니다만은…… 청성도 힘들겠지요?"

이와 득을 따지는 것은 정치가로서 당연한 소양이 아니던가.

지금부터는 어떤 핑계라도 대서 피해를 줄이려고 할 화웅 진인이다.

당기전이 최선의 지원을 해달라고 말해 보았자, 무슨 수를 써서든 지원을 적게 하려 노력할 이가 화웅 진인이다.

그러니 당가가 같이 싸워 달라 말하여도 그들은 몸을 사릴 것이 분명했다.

해서 당기전이 먼저 선수를 쳤다. 그러고는 화웅 진인은 반색을 하며 그 미끼를 덥썩하고 물었다.

"아무래도…… 청성도 지난 일로 피해가 없지는 않은지라……."

늙다 못해 썩어버린 능구렁이 같기는.

당기전은 그리 생각을 하면서도 웃으며 화답했다.

"그렇겠지요. 허나 마지막으로 한번 수고를 해 주셨으면 합니다."

"어떤 수고를 말함인지요? 무량수불."

어울리지도 않는 도호를 말함은, 그가 도인으로서 가졌

던 마지막 잔재일 것이다.

"저희가 미리 계획한 대로만 움직여준다면 청성 또한 피해는 없을 겁니다. 가장 먼저 움직여야 하는 것은 역시 사천의 무인들이겠지요."

"사천의 무인들이라 함은?"

"자세히 들어보시지요. 먼저 처음은……."

과연 당기전의 마수에서 화웅 진인이 빠져나가는 것인지, 그도 아니면 이미 암수에 걸려들어 있는지는 곧 있을 결과가 말해 줄 것이다.

밤은 깊어 가고, 그 안에서 당기전의 숨은 모략이 썩은 내를 풍기고 있었다.

* * *

"왔군요."

—좋은 소식을 들고 오지는 못한 듯하구나.

아미파의 여승들은 처음 왔을 때보다도 더욱 표정이 굳어 있었다. 일부는 분노 어린 표정을 짓고 있을 정도였다.

수행을 한다는 그들이 그러한 표정을 짓는 것은 어지간한 일이 아니고서야 힘든 일이지 않겠는가.

별 말을 하지 않아도, 그 결과는 이미 알 만했다.

그 때문인지, 독곡인들끼리의 대련을 가만 지켜보기만 하던 하운성이 먼저 나서며 움직였다.

"좋은 것은 아닌 듯하군. 내 다녀오겠네."

"부탁드리지요."

하운성이 아니고서야 이런 일을 맡을 자는 없었기에, 그가 움직이는 것이 자연스러웠다.

그는 전에 아미파 여승들을 처음 볼 때와 같이 적당히 예를 올렸고, 왕정과 장문인의 자리를 만들어 주었다.

"……다시 뵙습니다, 독협."

"다시 뵙습니다. ……고생하셨습니다."

무슨 말이 더 필요할까. 예를 올린다고 해서 무엇이 위로가 될까. 이럴 때는 진심을 담아 이야기하는 것으로 족했다.

"별일은 아니었습니다. 다만…… 자리는 마련하지 못할 듯싶습니다."

"반쯤은 예상하고 있었습니다. 당가에서 거절을 하던가요?"

"……부끄러우나, 당가의 장로조차 만나지 못했소이다. 후후. 제가 부덕하기 때문이겠지요."

과연 아미의 장문이 부덕해서일까?

진심으로 무당의 안위를 생각하며, 허튼 피가 흐르지 않기 위해 노력하는 그녀인데, 그럴 리가.

어디까지나 그녀의 진심을 몰라주는 세상이 잘못된 것이다.

"장문께서 부덕하시다니요. 그럴 리가요. 다만 자리를 마련하지 못한 것은 솔직히 저로서는 아쉽진 않군요."

"이해합니다. 자리를 마련하는 것을 허락한 것도, 그나마 제 얼굴을 봐서이겠지요. 본 파는 감사히 여기고 있습니다."

아미와 좋은 관계를 쌓는다.

그도 아니면, 원한을 쌓지 않아 적대치 않는다는 것만으로도 나쁠 것은 없었다.

어디까지나 왕정이 원하는 것은 당가에 대한 복수. 그 중간을 막는 자만 없다면, 아주 깔끔하게 처리를 할 예정이었다.

왕정이 먼저 물었다.

"이제는 어떻게 하실 예정이십니까?"

"본 파는…… 가능하다면 독협의 일행을 잠시 따르고 싶소이다."

"점창과 같은 동행이로군요."

하운성도 일행이되 일행이 아닌 상태로 있다. 독인들과 가끔 대련을 하고는 하지만 완전한 일행이라기엔 어려웠다.

아미파 또한 그런 동행을 원하고 있는 듯했다.

"그렇습니다. 과연…… 정파가 어찌하여 이렇게 된 것인지를 두 눈으로 보고 싶소이다."

"휴우. 미련이실지도 모릅니다."

"그럴지도 모르지요. 그 또한 미련을 버리지 못한 저의 잘못입니다. 수행자로서…… 부족하지요."

"장문께서 부족하시다면, 부족하지 않은 수행자는 없을 겁니다."

"후후…… 독협께는 감사하다는 말밖에는 못하겠군요."

마지막까지 정파에 대한 미련을 가진 듯한 아미 장문인이다.

그녀는 평생을 두고 자신이 지키고자 하였던 정파의 정신이 어찌 변질이 되었는지를 당가를 보면서 직접 느끼려 한 듯하다.

마지막의, 마지막까지 희망을 가지고 싶은 것일지도 몰랐다. 정파는 아직 썩지 않았다는 작은 희망을.

'이 사람들이라면…… 믿어 줄지도 모르지. 조금만 더 보여준다면 말이야.'

문뜩 생각이 든 왕정이다.

자신이 하고자 하는 일에 당가의 복수도 있으나, 크게 보자면 그 뒤에는 마교가 있었다.

자신과 관련이 있는 일독지문 나아가서는, 할아버지와도

관련이 있는 독곡, 또한 현재의 무림에 있어 마교의 일은 보통의 일이 아니었다.

전 무림인이 합심을 해서 물리치려 해도 성공을 확신할 수 없는 곳이 마교다.

그런 상황에서도 사분오열(四分五裂)되어 흔들리고 있는 중원의 무림을 보고 있노라면 한숨만 나오는 상황이지 않은가.

그중에 하나라도 힘을 보태면, 아니 그건 아니더라도 믿어주기만 한다면 그의 계획에 크게 힘이 될지도 몰랐다.

"이번 일이 끝나게 되면…… 많은 이야기를 나눠야 할지도 모릅니다."

"이야기라 함은 무엇인지요?"

"복잡합니다. 어쩌면 믿기 힘든 이야기이실지도 모르겠습니다. 하핫. 그럼에도 믿어주셔야 하는 이야기기도 하구요."

"시름이 깊으시군요."

"일의 경중이 깊은지라…… 하핫. 어쩔 수가 없군요."

"몰유본말(物有本末)이라 했습니다. 행보를 시작하셨으니 끝 또한 있으시겠지요. 다만…… 이 못난 장문이 하나 부탁할 것이 있다면…… 이왕이면 피를 적게 보았으면 하는 바람일 따름입니다."

"못 당하겠군요. 최대한, 노력은 해 보겠습니다."

과연 당가가 피를 보지 않으려 할지는 모르겠다.

왕정을 죽이기 위해서라면 가능한 한 모든 수단을 다 사용할 그들이니까.

지금까지 한가하기만 했던 시간은 어쩌면 태풍이 불기 이전의 고요였을지도 모를 만큼, 그들의 준비는 꽤 성대할지도 몰랐다.

第十二章

예상 밖의 타락

중원의 성중에서 꽤나 거대한 크기를 자랑하는 사천성이다. 그 규모는 다른 작은 성들에 비해 족히 두 배는 되었다.

땅이 넓은 덕분일까.

불가의 아미, 도교의 청성, 독의 당가라는 다양한 거대 문파 셋이 공존하고 있는 것만큼이나 불가해한 지형들이 독곡의 사람들을 기다리고 있었다.

찌를 듯한 협곡.

그 사이를 지나가야만 하는 이들에게는 무릇 거대한 벽이 될 수밖에 없는 성곽은 꽤나 위압감을 주고는 했다.

"무언가 이상한데……."

헌데 눈앞에 보이는 성곽은 무언가 이상하였다. 정확히는 너무 고요했다.

'한낮의 성곽이 고요할 수 있나? 협곡을 돌아가기에는 무리이니 이곳을 지나갈 수밖에 없을 텐데.'

성곽을 지키고서 있는 문지기들이 있기는 하나, 확실히 부자연스러운 광경이었다.

어찌 독인들과 아미 여승들 외에는 다른 사람들 하나 없을까? 이것이 자연스러울 리 없다.

앞장서 걷던 왕정이 걸음을 멈추자, 각기 인솔을 하고 있던 다른 이들이 왕정의 곁으로 모여든다.

"무슨 문제가 있는 겁니까?"

호일운의 물음이다.

언제부터인가 왕정에 대한 물음은 그가 도맡아 하고 있었다. 다른 이들은 같은 시선을 하고는 눈으로 물어볼 뿐이었다.

"부자연스럽지 않습니까?"

"흐음…… 부자연스럽다고요?"

독곡에 성곽 같은 것이 있을 리가 있겠는가. 바로 부자연스러움을 눈치채지 못하는 것은 당연했다.

다만 명석한 머리로 그는 금세 이상함을 눈치챘다.

"독수(毒手)라도 있는 듯하군요. 독곡에서 충칭사가 달려들기 전에는 항상 이런 모습이기는 했지요."

"그렇군. 기습이라도 하려는 것인가?"

독곡 출신다운 해석이다. 안일지와 다른 사람들은 금세 알아들은 듯했다.

그때 가만 상황을 지켜보던 아미파 장문인이 조심스레 이야기를 꺼내든다.

장문인은 독곡의 사람들을 존중하여 예를 어기지 않으려는 듯, 장문이나 말투 자체가 굉장히 조심스러웠다.

"설마 기습이겠습니까. 아무리 당가가 변하였다지만……."

"설마가 사람을 잡는 듯하는군요."

"……아!"

대체 어디까지 장문인을 실망시키려고 하는 것일까?

그녀의 말이 끝나기도 전부터, 성곽과 협곡의 양옆에서 조금씩 모습을 드러내는 자들이 있었다.

왕정이 눈치를 챈 듯하니, 그사이를 참지 못하고 먼저 모습을 드러낸 것 같았다.

"인선문(仁善門)이 아니요! 대체 왜 이곳에!"

"아미는 물러나시지요! 뒤는 청성과 당문에서 봐주기로 했습니다! 모두 쳐라!"

기습의 묘를 살릴 수 없다면, 선공의 묘라도 살리려는 것인지 그들의 대화는 그것이 끝이었다.

왕정이 무언가 이야기를 나눌 새도, 무언가 잘못되어 가고 있음을 설명할 틈도 없었다.

일방적인 공격이다. 제대로 정신이 박힌 정파의 무인이라면 하지 않을 행동이었다.

"준비는?"

"안 됐을리가요."

허나 독곡의 무인들에게는 익숙하기만 한 상황이다.

기습, 선공은 자신들의 독을 믿는 독물들이 제법 하고는 하는 행동이니까. 백인 모두 본능처럼 빠른 준비가 가능했다.

왕정이야 선두를 지키고 있는 것으로 충분했을 따름이었다.

그 순간에도 왕정의 가까이에 자리하고 있던 아미파 장문인의 다급한 목소리가 들려온다.

"손속에 자비를!"

그녀도 애시당초 왕정 쪽이 질 것이라고는 전혀 생각지 않았다. 그녀도 독인들의 전력을 깎으러 왔음을 알고 있었다.

'차륜전을 펼치다니. 마교의 마적들에게나 하는 짓을…… 역대로 패악을 부리던 독인들과는 또 다른 이들이지 않은가.'

잘못된 쪽은 인(仁)과 선(善)을 말하던 인선문이다. 왕정

쪽이 아닌 것이다.

그럼에도 그녀는 움직일 수가 없었다. 수행을 하는 자신이나, 어리석게도 그 수행이 모자라 손을 쓸 수가 없었다.

"최선을 다해 보지요."

다만 그녀로서는 최선을 다해 보겠다는 왕정의 한마디에 작은 희망을 걸어 볼 뿐이었다.

*　　*　　*

"손속에 사정을 두도록 하지요. 목적을 위해서요."

"그래서야 오겠는가?"

"그들의 뜻대로 무림이 돌아가지 않으면 오게 되어 있습니다."

"처음부터 그것이 계획이라 했으니…… 믿겠네."

짧은 대화는 그것으로 끝이 났다.

"왼쪽은 내가 맡겠네."

안일지다. 전장이지 않은가. 말은 짧아도 상관없었다.

무언의 허락임을 알고는 그와 독막의 무인들이 좌를 향해 움직인다. 적이었던 그들이나 지금은 믿음직스러웠다.

다음은 호일운이었다.

덩치는 크나 제법 준수한 외모를 가진 편인 호일운이건만,

전장에서는 삼국지에 나오는 장비처럼 투지가 넘쳤다.

"녹군이 이번에는 정면을 맡도록 하지요. 지난번의 약속은 잊지 않으셨지요? 하하."

"물론입니다. 적당히는 잊지 마시죠."

"그걸 잊겠습니까? 다만 본편에서는 모르겠습니다."

"당가에서야 제가 더 떠밀겠지요."

"그럼 먼저 가지요!"

녹군의 무인들과 호일운이 움직인다. 권을 사용하는 그들은 진을 형성하지 않았음에도 그 위압감이 컸다.

덩치에서 주는 위압감이 아닌, 자신이 갈고 닦은 실력에 대한 믿음이 기세로 표출된 것이다.

"우와!"

역시 가장 먼저 맞붙는 것은 정면이다.

기세를 타는 것인지 호일운이 가장 먼저 맞닥뜨린 의선문 무사를 크게 기세를 돋우며 놀리는 표정을 지어본다.

순간 움찔해 버린 무사다.

선봉을 차지할 정도면 그 무위가 낮지만은 않을 것이건만 역시 호일운에게는 무리였다.

"크으……."

자신이 물러났던 것이 부끄러웠던 것인가. 무사가 작게 신음을 한다. 그러곤 이내 자세를 고쳐 잡고 호일운에게 달려든다.

"호오……."

무력은 부족할지언정, 기세는 충분했다. 밀리더라도 선봉으로서 자신의 역할을 하려는 태도가 되어 있는 자였다.

'제법 괜찮은 무사도 있지 않은가?'

호일운은 그리 생각하며 자신에게 검을 휘두르는 무사에게 자신의 권격을 날렸다.

최선을 다하는 상대에 대한 예우로, 그 또한 최선을 다하여 날린 권격이었다.

쾅—

검과 권이 부딪쳤건만 밀려나는 쪽은 되려 의선문 무사였다.

"크으…… 의선문 외당……주 한은찬……이다."

"인사가 늦었군. 녹군의 호일운이다."

"다시. 가지!"

무사다. 정신이 제대로 박혀먹은 얼마 되지 않는 무사.

그들의 문주는 청성과 당가의 꾐에 빠졌을지 모르나, 그 자체는 제대로 된 정신을 가지고 있었던 것이다.

한 호흡으로 정신을 차린 것인지 호일운을 행해 한은찬이 달려들기 시작한다.

"좋은 기세!"

"크헉."

그런 그의 복부에 호일운의 주먹이 작렬한다.

두 번째 부딪침. 아니 두 번째 맞섬에서는 검과 권이 부딪치고 할 필요도 없었다.

한 번의 겨룸으로 이미 상대의 무공을 반쯤 읽어낸 호일운일진대 다시금 부딪쳐서 읽을 필요가 있겠는가.

끝을 내면 될 뿐이었다.

단 이 수.

두 번의 맞섬에 의선문에서도 실력이 높았을 외당주 한은찬이 그대로 무너져 내린다.

손속에 사정을 두어 목숨은 건졌으나, 족히 몇 달은 요양해야 할지 모를 내상을 입었을지도 몰랐다.

'좋군.'

상대다운 상대를 만나서일까.

호일운의 기세가 더욱 거세어진다. 상대가 강하면 강할수록 기세가 오르는 투장의 기질이 살아난 것이다.

"와라!"

쩌렁쩌렁한 일갈로 맹수가 되어 버린 듯 의선문의 안으로 파고든다. 순간이었다.

그 뒤를 따르는 녹군의 무사들 또한 사나운 맹수가 되어 의선문의 무인들, 그와 함께 온 식객들을 전부 제압하기 시작한다.

철그럭. 철그럭.

"허허. 젊구먼……."

좌에서 그 장면을 바라보던 안일지 또한 모든 준비가 끝이 났는지 천천히 움직이기 시작한다.

달려드는 자를 막으면 될 뿐이지, 먼저 나서 저들을 깨부술 필요까지는 없다고 여기는 듯했다.

"이번에는 제압을 해야 한다고 하더군."

"제압입니까?"

"이미 들어서 알잖은가. 독곡을 벗어났으니, 독인의 말을 따르는 것이 도리가 아니겠는가."

"크흠…… 여전히 저는 이번 독인이 마음에 들지가 않습니다."

흘낏 왕정을 바라보는 독막 무사의 눈에는 적대감이 전혀 숨겨져 있지 않았다. 자신의 감정에 솔직했다.

그 장면을 보며 안일지가 웃어 보인다.

"허헛. 젊어서겠지. 젊어서…… 언젠가 이해를 할 걸세. 움직이도록 하지!"

"그것이 명이시라면……."

"가지."

독막의 무사들이 움직이기 시작한다. 철그럭— 철그럭— 대는 독륜의 모습이 을씨년스럽기만 하였다.

* * *

전장이 되었던 성곽 앞에 쓰러진 자들은 오직 왕정의 반대측뿐이었다.

"크으으…… 차라리 죽여라!"

"흐으…… 무, 물,……."

의선문과 그들의 식객. 그리고 어쩌다 모여든 부나방들.

그 수는 수백이 되었으나, 애당초 수백의 수로 왕정에게 맞부딪치려 한 것부터가 잘못된 일이었다.

한 명의 독인이 나서게 되면 구파일방도 나서곤 하지 않던가.

독인은 아니더라도 백인이 왔는데 상대가 되면 애당초 독인을 우러르지도 않았을 것이다. 그들은 산 전설이다.

눈앞에 만들어진 광경은 당연한 결과인 것뿐이다.

그 광경이 보기 좋게 느껴지는 것은 아닌지, 아미파의 여승들이 작게 아미를 찡그려 본다.

허나 그들도 상황을 처음부터 보아오지 않았던가. 먼저 공격을 한 쪽은 정파의 무인들이다. 왕정 쪽이 아니다.

고통스러워할지언정, 목숨을 붙여준 것만으로도 왕정 쪽에서는 크게 선심을 썼다 할 수 있는 상황이었다.

허나, 차마 눈앞에서 고통스러워하는 광경을 계속 보기는 힘든 것인지 장문인이 조심스레 물었다.

"시주들이…… 많이 고통스러워하는군요."

"그렇기야 할 겁니다. 하지만 제압을 하려면 달리 다른 독으론 힘들었습니다."

"소승이 독에는 잘 모르나, 독 중에는 마비독도 있지 않습니까?"

일견 기분이 상할 수 있는 물음이었다.

자비를 베풀어 목숨을 뺏지는 않았거늘, 상태가 왜 그러냐고 묻는 물음이기도 하였으니까.

하지만 장문의 물음에는 조심스러움이 들어가 있었기에, 질문을 듣는 왕정도 기분이 상할 이유는 없었다.

"마비독은 잘못 사용하면…… 평생 마비가 될 수 있습니다."

"평생 말입니까?"

"예. 아주 미세한 양만으로도 죽는 게 사람입니다. 마비독이라고해서 무시할 것은 못 되지요."

"허어……."

"물론 못할 건 없습니다만 전장이었지요. 이것으로도 최대한 손속에 사정을 둔 것입니다."

장문인도 왕정의 말을 온연히 이해를 한 듯하였다.

다만 그녀는 아직까지 궁금증이 남은 것인지, 다른 것을 물어 왔다.

"얼마 정도 있으면 다들 정상으로 돌아올 수 있다고 보십니까?"

"잘 정양하면 한 달 정도면 나을 겁니다. 죽지는 않아도 빠져나가는 데 시간은 걸리는 독이거든요."

"흐음…… 한 달이면…… 꽤 길군요. 달리 빠르게 할 방도는 없는 것입니까?"

"녹군에 당한 자들이야 금세 일어날지도 모르지요. 하지만 한 달 정도가 최선입니다."

"최선이라 함은……."

역시 이런 부분엔 눈치가 약한 장문인이었다.

사람이 올곧으니 그 방식 그대로만 세상을 보아가면서 살아가서 그런 것이리라.

"이들이 다시 일어나면 오는 곳은 저희일 겁니다. 장문께서도 아시지 않습니까?"

"……그렇군요."

"다시 와봐야 똑같은 일의 반복일 따름입니다. 길어야 한 달 정도면 사천의 일도 마무리가 될 터이니 한 달이 딱 적당하겠지요."

"휴우…… 깊은 심계입니다."

"과찬이십니다."

쓰러져 있는 의선문 무사들을 보는 것이 못내 속이 쓰이는 것인지, 장문인의 속은 편해 보이지 않았다.

다만 그녀도 치료를 해 주어봐야 다시 일이 일어날 것 정도는 이해를 한 것인지, 여승들을 시켜 치료를 하거나 하지는 않았다.

다만 그들이 더욱 부상이 심해지지는 않게 한데 모아주었을 뿐이다.

"이번 사천의 일이 끝나고도, 중원에 머무를 이유가 더 있다 하셨지요?"

"예. 어쩌면 장문께서도 깊게 관여가 될 일이라고도 말씀드리기는 하였지요."

이미 언질은 주었다. 이번 일이 끝나고, 서로 믿음을 가지게 되면 그때는 마교에 대해 이야기를 나눌 것이다.

"후후……이 사천의 일 뒤에 다른 일이라……."

"장문……."

왠지 모르게 심상찮아 보이는 분위기의 장문이다.

"본 장문은 아미파를 부흥시키면 모든 일이 될 줄로만 알았습니다. 수행을 하며, 정파의 정신을 가지면 될 일로 알았지요."

"……제가 보기에 장문께서는 잘 하고 계십니다."

"아닙니다. 어쩌면 소승은…… 세상을 너무 작게만 보고 있었는지도 모르겠군요. 좀 더 대승적으로 봐야 할 필요가 있었을지도요."

수련이 깊은 아미 장문마저도 한탄을 할 만한 세상인 건가.

'어렵기만 하군…….'

자신은 수행을 하는 자도, 앞으로 수행을 할 자도 아니다.

진심으로 수행자라 할 수 있는 장문인이 씁쓸해하는 모습을 보고 있자니 자신 또한 마음의 한 켠이 답답해지는 왕정이었다.

허나 답답하다고 해서 그 자리에 머물러만 있을 수는 없지 않은가.

해야 할 일이 있고, 움직여야 할 계획이 있으니 회한을 가지는 것은 모든 일이 끝난 뒤로 미루어도 좋았다.

"모두 잘 해결이 될 것입니다."

"진정으로 그리 되었으면 좋겠습니다. 아니…… 그리 되도록 해야겠지요."

*　　*　　*

사천의 무인들과 왕정의 독인들이 본격적으로 부딪치기 시작했다. 그리고 그런 그들을 바라보며 정파인으로서의 새로운 다짐을 하는 아미가 있었다.

허나 그것도 결국에는 변할 수밖에 없었다. 그들의 눈앞의 현실이 여승들을 변하게 만들려 하였다.

당가가 조종하고 있는 덕분인지 공격은 꽤나 악랄했다. 방식 자체가 좋지 못하였다.

정면으로 달려드는 자들조차, 정상은 아니었다. 우선 소식부터가 잘못 들어가 있었다.

"의선문을 공격한 악적!"

"먼저 온 것이겠지. 이놈의 여론호도는 당가의 취미인지, 허참……."

"아미의 장문이오. 먼저 선공을 한 쪽은 의선문이었소."

모든 것을 지켜본 그들이기에 변호를 할 수 있었다. 헌데 상황은 우습게 돌아갔다.

왕정을 공격하러 온 자 중에 하나가 아미 장문을 바라보며 안타깝다는 표정을 짓는다.

"아미 장문! 진정으로 그들의 사술에 걸린 것입니까?"

"사술이라니요?"

"아미 장문께서 독인들을 돕는다는 소문이 사천에 파다합니다. 이곳에 오기 전까지만 하더라도 믿지를 않았습니다만……."

이 무슨 소리인가? 아미가 독인들을 돕는다니?

여승들은 왕정과 동행을 하고 있을지언정 직접적으로 왕정들을 도운 바가 없었다. 다만 그들이 살수를 쓰지 못하도록 최대한 부탁을 했을 따름이다.

사천의 무인들을 보호하려면, 보호하려 했지 절대 죄를 짓지는 않은 것이다. 그럼에도 그런 오해를 받다니?

성도에서 당가에게 내침을 당할 때에도, 평온한 표정을 지키려 하던 장문인의 평온이 그제야 깨어진다.

"갈! 본승을 놀리는 것은 좋으나…… 아미를 욕보이지는 마시요!"

"그렇다면 의선문의 사람들은 어찌 된 겁니까?"

"그들은 정양을 하면 나을 자들이지 않소!"

"거짓입니다. 모두! 모두! 죽었단 말입니다. 한 줌의 독수가 되어서!"

오백에 가깝던 의선문 사람들이다. 그들이 모두 죽었다고? 말도 안 되는 소리!

비록 독에 당하여 고통스러워하기는 하였으나, 그들은 살았다. 그것이 왕정이 해 준 최소한의 자비였다.

뭔가 있다.

"무슨 소리요?"

아미 장문인이 한껏 기세를 끌어 올려 말하자, 그에 밀리는 것인지 무인 중에 하나가 조심스레 말한다.

"그들 모두가 독수가 되어서 발견되었습니다. 소수의 무인들이 살아남기는 하였으나…… 역시 소수인지라……."

"……아아……."

흐느끼는 것인가? 아니다. 흐느낌은 결코 이리 깊을 수가 없었다.

그것은 한 사람의 흐느낌이 아니었다.

평생을 정파에 바쳐 온, 구파일방의 대표로서 정파의 정신을 오롯이 간직한 한 사람의 거대한 한(恨)이었다.

'무엇을 보고자 이곳에 있었던 것인가…… .무엇을 지키고자…….'

한. 수련을 하는 그녀가 한에 사로잡힌다. 아미파의 장문으로서 있어서는 안 될 일이었다.

이대로 가다가는 주화입마에 빠져들지도 모를 그런 상황이다. 그때 왕정이 크게 기세를 돋우어 외친다.

"장문! 정신 차리시지요! 장문이 무너져서야, 오롯이 무림을 지켜줄 자는 없게 됩니다. 장문은 저와 다른 정파인이지 않습니까?"

자신의 편도 아니다. 자신의 사람도 아니다. 하지만 올곧은 사람이다.

시비를 가릴 줄 알았으며, 수련은 깊었고, 한 사람으로서 존경심이 갈 만한 이가 아미 장문이었다.

자신이 무공을 익히지 않은 한낱 필부였다면, 아미의 장문을 본 것만으로도 대를 이은 영광으로 알았을 정도다.

그런 자가, 주화입마에 빠져드는 것은 볼 수 없기에 나온 외침이다.

그녀가 왕정에게 예를 올리고는 작은 음성으로 읊는다.

"……앞으로 가야하겠습니다."

"예. 그렇게 되실 겁니다."

"가서……들어야겠습니다. 무엇을 하려는 것인지…… 무슨 일을 벌이려는 것인지를요."

"같은 길입니다. 얼마든지 길을 열어 드리지요. 아니, 길을 보여드리지요. 장문께서는 보고 판단을 하여주시면 됩니다."

"……독협."

그녀가 왕정을 직시한다.

"작은 길은 저희가 열어드리지요."

의선문. 그들이 죽었다는 소식에 여승들이 움직이기 시작한다.

무림이 무언가 잘못되었다는 것을 느끼고는 있었으나, 이렇게까지 썩었다는 것은 몰랐던 여승들이다.

실망이고. 분노며, 한이다.

수련하는 자들은 피해야만 하는 것들을 가슴에 품게 되었다. 과연 그것이 무림에 화가 될 것인가?

'……정화가 되는 것이겠지.'

그리 믿어야 했다. 여승들이 나섰음에도 정화가 되지 않는다면 얼마나 잔혹한 일이 되겠는가.

"……."

침묵과 함께 아미파의 여승들이 길을 열어 준다.

독곡의 독에 당하여 악에 물들었다는 오명을 뒤집어쓰면서도 자신들의 의지를 관철해 나아간다.

第十三章

정면으로 마주하다

의선문.

의와 선을 행하라 하여 만들어진 곳이 의선문이지 않던가. 단순한 이름이나 그만큼 그 의미가 명확한 곳도 없었다.

헌데 저 문자라는 작자의 입에서 튀어나오는 악의는 무얼까?

"죽을 고비였다. 아니, 죽을 수밖에 없었다. 백 년 화리의 내단 덕분에 독을 이겨냈음이다."

왕정이 그를 살렸다. 안일지가 자비를 베풀어 주었고, 녹군이 살심을 자제한 덕에 그가 살았다.

"아미의 여승들은 지켜만 보고 있었다!"

아미파가 자비를 구한 덕분에 그의 문파원도 덕분에 살았다. 아미가 없었더라면 진정 혈수가 되어 녹았을지도 몰랐다.

왕정과 독인들에게는 그런 힘이 있었다.

헌데, 그는 자신이 먹었던 백 년 화리의 내단 덕에 살았다 말한다. 왕정이 이 소리를 들으면 한껏 비웃었을 것이다.

"푸하핫. 천 년 화리의 내단으로도 버틸 수가 없을 놈이 백 년 화리에 살았다니."

그만한 촌극도 또 없었을 테니 당연한 이야기다.

헌데 이것이 의외로 잘 먹혀들었다. 청성과 당가가 노력을 해 준 덕분이다.

"작금의 사태에 청성은 통탄을 금할 수가 없다. 어찌 정파를 수호하는 아미가 의선문이 무너지는 것을 지켜보고만 있는가."

아미가 가만 지켜봤던 진실. 그것을 이용하여 교묘하며 아미파를 몰아세운다.

무인보다는 천상 정치가인 청성다웠다.

"천하의 아미가…… 그런 일을……."

"일단은 지켜보아야 하지 않겠는가? 해골독협이었던 그와 당가와의 문제라 나서지 않았을 수도 있어."

"그게 말이 되는가? 설사 당가와 그자의 일이라고 해도 아미는 말렸어야지!"

"얼마 전에 아미가 성도에서 물러났던 이야기를 기억하지 않는가?"

아미와 당가의 일을 두고, 또한 왕정과 당가의 이야기를 두고 갑론을박이 계속 되었다.

많은 사연과 이야기가 오고 가고, 의견들 또한 그와 함께 파생이 되니 하나의 의견으로 정리가 되는 데는 시간이 걸렸다.

그 틈을 당가에서 투입한 자들이 메워주었다.

"방조라는 것은 때로 죄가 되는 것이 아니겠는가? 악한 이가 움직이면, 그것을 막는 것은 정파인이 되어야 함이니!"

"맞다. 아미파는 방조를 한 것만으로도 이미 죄를 지은 것일지도 모르지."

"타락이라도 했다는 소린가?"

"그런 소리가 아니잖는가. 내가 말하고자 하는 것은 그들이 '방조' 했다는 진실을 말하는 것이네만."

그들은 교묘했다. 사람을 타락시키는 사악한 독아를 가진 자가 있다면 이들일 것이다.

아주 교묘하여, 그들 자신이 의견을 정확하게 개진한 것은 아니었다. 다만 몰아가는 것에는 충분했다.

"흐음…… 정녕…… 아미가 정파를 배신한 것인가."

“사천에서 제일의 문파로 당가를 쳐주지 않았던가. 그러니…… 질시를 했을지도.”

“허어…… 수행을 한다는 자들이 어찌!”

사람의 의견을 교묘히 쏠리게만 만들면 그 뒤는 쉬웠다.

아미의 행동에 대한 이유와 논리를 가져다 붙이는 것 정도야, 손바닥 뒤집는 것보다 쉽디쉬운 일이었다.

헌데 거기에 쐐기를 박았다.

“아미가 직접 나서, 강호영웅들을 제압했다고 한다!”

“독곡에서 온 자들은 구경만 했다고 말하더라!”

금강석보다도 단단한 쐐기다.

안 그래도 기울어 가던 시선에, 아미의 행보는 끓는 물에 기름을 부어주는 것과 같은 행동이 되었다.

그나마 마지막 희망이 있다면,

“아무리 그래도 아미가 그럴 리는 없네…….”

아미파의 영향력이 미치는 그 주변의 문파들만은 그들 아미를 믿어 주었다는 것이 마지막 희망일까?

독협으로 불리던 왕정에 이어, 아미마저 몰아붙이는 청성과 당가였다.

* * *

"하…… 끝도 없군."

"허허. 중원답지 않은가. 사람이 미어터지다 못해 넘치는군."

"저 모두가 무인들이라니. 우리야 독곡에서 살아가야 하니 어쩔 수 없이 다들 무공을 익힌다지만…… 질리는군."

"사람이 많으니 많은 모습을 보여주는 거겠지. 지금도 그렇지 않은가? 허헛."

호일운과 안일지의 평이다.

그들이 보기에 중원인들은 질리게도 많았다. 몇 개 현을 겨우 모아 놓은 인원들이 살고 있는 그들로서는 질릴 정도의 수였다.

둘의 대화에 왕정이 끼어든다.

"그래 봐야 부나방들 아니겠습니까?"

"허허. 그럴지도……."

"중원에서 들어온 제가 할 말은 아니지만, 독인들이 너무 오래 배출이 안 된 것 같기는 합니다."

"그런가?"

"예. 독곡에서 백인의 무인들이 나섰는데, 저리 달려들다니. 웃기지 않습니까? 하……."

몇 번의 전투를 같이 치러본지라 그들의 사이에는 어색함이 아닌 친근함마저 돌고 있었다.

"독존황이라 불리던 분이 계실 때가 최전성기였지. 그나저나 아미에서도 거의 정리를 해 낸 듯하군."

이제 와서는 아미조차도 그들과 함께 행동을 하고 있었다.

처음 자신들을 몰아세우는 자들을 상대로 보였던 약간의 꺼림칙함은 이미 사라진 지 오래였다.

그들은 정파인이기 전에 무인. 자신의 가치관을 관철시키기 위하여 목숨을 바치는 자들이다.

"정신을 차리시오!"

"갈! 그대들은 무엇이 잘못되었는지를 모르겠는가?"

"허어! 아미파의 여승들이 어찌!"

자신들을 타락했다 말하며 모욕을 하는 자들을 징치하는데도 거부감을 가질 여승들은 어디에도 없었다.

"……그만 쉬게나."

"크윽……."

다만 그들이 마지막의 마지막에까지 제압만을 하는 것은, 수행하는 자로서 마지막으로 가지는 자비이리라.

"오셨습니까?"

"……예. 사천의 무인들이 이리 많은 줄은 저도 처음 알게 된 것 같습니다."

"하핫. 숨어 있던 자들도 이름을 드높이기 위해서 나선 것이겠지요. 웃기는 일입니다. 그래도 희망이 없지는 않잖습니까?"

"예. 개방의 사람들이 도와주기로 하였으니…… 수습이 되겠지요."

다행히도 얼마 전 개방의 장로가 하나 다녀갔다.

"꼭! 꼭! 누명을 벗을 수 있도록 도와주겠소이다."

"감사를 드릴 따름입니다."

"예로부터 부처의 손을 피해갈 이는 없다고 하였으니…… 어떻게든 밝혀지기는 할 것이오이다."

"장로께 한 수 배우는군요. 후후."

"다만 개방에서는 더욱 빠르게 누명을 벗을 수 있도록 노력할 따름이지요."

"이 은공은 언젠가 꼭 갚도록 하겠습니다."

"허허. 아닙니다. 아니에요. 처음부터 이리 나서지 못한 것이 문제였겠지요."

그는 수상해지는 요즘의 상황에 대한 정보들과 함께, 아미파의 이야기를 들어 주었다.

정보를 다루는 그들이 보기에도 아미파의 경우는 상황이 이상하였으니 먼저 온 것이다.

"그나저나…… 저 독협과 한마디 이야기를 나눠도 되겠소이까?"

"아랫사람이 아닙니다. 그에게 물어야겠지요."

"허험…… 알겠소이다."

왕정이 공적으로 몰릴 당시 중립을 지켰던 개방이다. 모든 전모를 알고 있음에도 중립을 지킨 것이다.

'그 당시야, 당가와의 인연이 신경 쓰여 지켰던 중립이었으니…… 옳은 판단이기야 했다.'

허나 지금에 와서는 왕정을 대함에 있어서 마음 한 켠이 불안해지는 개방의 장로였다.

그도 양심이 있으니 캥겨서인 것이다.

"커흠. 개방의 장로 우마준이라 하오."

"창걸로(唱乞老)라고 불리시는 분이군요."

제갈혜미에게 들은 바가 있는 자다. 무공 못지않게, 노래를 부르는 재주가 뛰어나다 하여 창걸로로 불리는 자다.

젊을 적에는 어지간한 가인들보다도 뛰어나, 황궁에서조차 부르려고 했다는 설도 있을 정도였다.

원하기만 했다면 창(唱)의 능력으로 호의호식하며 지내는 것도 가능했을 것이다.

다만 자유로움에 이끌려 개방의 방도가 되었으니, 그 또한 꽤나 재미난 인물이라 할 수 있었다.

"큼…… 소싯적 별호외다. 그나저나 물을 것이 있어 왔소이다."

"하핫. 조금 더 일찍 와서 물으셨더라면 더욱 좋았을지도 모르겠습니다."

말에 뼈가 들었다.

왕정으로서는 자신이 공적으로 몰렸던 당시 개방이 반대 의견을 냈더라면, 하는 섭섭함을 표현한 것이다.

"그때는 개방으로서는 그게 최선이었소이다. 다만…… 개인으로서는 미안하오이다. 정말……."

"휴우. 되었습니다. 각자의 사정이 있는 것이겠지요."

어렸던 전이라면 이해를 하지 못했을 수도 있다. 하지만 지금은 적지 않은 인원을 이끌어 보고 있는 왕정이다.

때로는 개인의 의견이 아니라, 상황에 못 이겨 움직여야만 하는 상황이 있다는 것을 알고 있다.

'마교의 일도 그런 맥락들 중에 하나이지.'

경험을 하고 성장을 한만큼 그릇이 깊어진 것이다.

"이해를 해 주어 고맙소이다."

"되었습니다. 그나저나, 저와 긴히 이야기할 것이 있는 것인지요?"

"그것이…… 사실 개방은 중원에 다른 많은 일들에 대한 의구심을 감출 수가 없소이다."

"역시……."

바보천치들만 모인 개방이 아니다. 깊게 숨어 있는 뭔가를 개방은 느끼고 있는 듯하다.

"북경에서 피었던 혈화, 녹림의 움직임에 황가가 또 움직이려 하고 있소이다."

"황가가 말씀이십니까?"

"그렇소. 겉으로 말하는 명분은 날뛰는 녹림을 처리하겠다고 하는 것이나…… 아무리 살펴보아도 허허."

황가의 이야기기에 조심스레 이야기를 하는 것이리라. 그도 주변을 신경 쓰는 것이다.

"이들이라면 함께 이야기를 해도 상관이 없습니다."

"휴우. 그렇게까지 말을 한다면야…… 실은 녹림도를 벌한다고 하는 것치고는 그 규모가 너무 적소이다. 이런 경우에는 보통……."

"무림의 사람들을 동원하곤 하겠지요. 녹림 또한 무림의 사람이라면 무림의 사람이니까요."

"그렇소! 헌데 그 시기가 아주 수상하지 않소이까? 무림맹이 사혈련을 밀어붙이는 이 판국에 갑작스러운 움직임이라니!"

"하……."

공교롭기는 아주 공교로웠다.

무림맹 관언의 지휘가 빛이 나며, 사혈련을 상대로 밀어붙이고 있다는 소식이야 방금 전해 들은 왕정이다.

역시 자신과 인연이 닿았던 관언답다며 그를 치켜세우기까지 한 왕정이었다.

어쨌거나 관언의 경우에는 그를 끝까지 책임지려 했던, 진정한 무인이었으니까. 아직 호감을 가지고 있는 것이다.

헌데 그런 관언이 활약을 하고 있는 와중에 황가에서 녹림도 토벌을 하려고 하다니?

그것도 무인들을 동원할 생각을 하고 있는 듯하다니? 시기가 너무 공교롭지 않은가.

'솔직히 양민 입장에서는 사혈련이나 녹림이나 그게 그거인 경우가 많은데 말이지.'

무림맹이 현재 하고 있는 일은, 정치적인 일이든 아니든 간에 무림을 위해서 하는 일이 맞았다.

그 과정이야 어쨌든 간에 사혈련 징치는 정의로운 일이란 소리다.

헌데 자신들의 몫을 잘 하고 있는 무림맹의 행사에 제동을 걸려고 하는 듯 보이다니? 말이 안 되지 않은가.

"사혈련에서 뇌물이라도 썼다고 합니까?"

"쓰기야 했겠지만…… 알잖소?"

"휴우. 어렵게만 돌아가는군요."

"그렇소이다. 해서 물으려 하오. 독협, 그대가 현재 무림사에서 가장 많은 일에 관련이 되어 있으니까."

그 정도였던가?

무림맹에서 가장 많은 일에 관련이 되어 있다니. 그것도 한 개인이 관련되어 있는 것도 웃기지 않은가.

'젠장, 개방에서 공인을 해 준 셈이로군.'

말이야 관련이 되어 있다는 소리지, 달리 말하면 무림에서 가장 많은 고생을 하고 있었다는 것과 같은 말이다.

왕정이 한숨을 짓고 있으려니, 창걸로가 은근한 표정으로 묻는다.

"뭔가 알고 있지 않소?"

"뭘 말입니까?"

"독곡에서 나온 그대의 행보가 뭔가 있다는 것을 말하고 있소이다. 조용히 사천으로 직행을 하면 될 것을 아주 천천히 움직이고 있잖소이까?"

역시! 개방은 자신의 움직임을 주시하고 있었다.

또한 복수를 하겠답시고 말하는 자치고는 그 움직임이 느리다는 것 또한 정확히 알고 있었다.

"크흠…… 뭐 그렇기는 하지요."

"그대의 행보를 보면 단순히 당가에 대한 복수가 아니라 다른 어떤 것이 있다는 말이오."

그가 자신의 머리와 가슴을 톡톡 쳐보이고는 말한다. 표정은 아주 자신만만하기까지 했다.

"이 머리의 분석과 가슴의 촉이 그렇다고 말을 하고 있소이다."

"휴우. 이거…… 무림에 다시 와서 처음으로 제대로 이야기를 할 수 있겠군요. 다만 이 이야기는……."

"저는 잠시 물러나도록 하지요, 시주."

아미파의 장문인이 알아서 자리를 피해 주었다.

그날 밤, 왕정과 개방장로 창걸로의 문답은 밤을 새도록 계속해서 이어졌다.

학문에 생을 바치는 학자들처럼 때로는 심각하게, 또 때로는 격렬하게 토론을 하며 이루어졌던 난상토론이었다.

"당장에 움직일 일은 아닙니다. 아시겠지요?"

"알겠소이다! 다만 준비는 해야 할 일이겠지. 무운을 빌겠소. 장문도 보중하십시오. 그럼!"

창걸로. 그가 한 줄기 바람이 되어 다시금 개방의 주인 방주를 향해 움직이기 시작한다. 개방이 제대로 물었다.

*　　*　　*

개방이 분주히 움직이는 동안, 모든 계산을 끝낸 그들이 먼저 자리를 잡고 있었다.

그들이 있는 곳은 성도의 바로 아래 미산(眉山) 현이었다.

사천성의 성도와 가까운 덕분에 꽤나 발달한 그곳은 오늘만큼은 시끌벅적함보다는 오직 한적함만이 가득했다.

양해라고 쓰고, 강제라고 읽는 태도로 사천과 청성의 무인들이 현의 주민들을 죄다 통제했기 때문이다.

그들에게 따지고 들던 현령조차도, 적당한 뇌물로 입을 쏙 다물었음은 물론이다.

“얼마의 피해가 있을 것이라고 보오?”

“별로 없지 않겠습니까? 지금까지로 보면 그들은 살수를 그닥 펼치지가…….”

“쉬잇! 그것은 조용히 하기로 하지 않았소이까? 살수를 펼치지 않은 것은 어디까지나 아미파의 여승들까지요.”

꼬리가 길면 잡히는 법이거늘.

이들은 손으로 하늘을 가리려고 하고 있었다. 그러면 자신들이 지은 죄가 사라진다는 듯이.

의선문의 문주를 동원한 것도, 의선문의 문도들을 죽게 만든 것도 그들이나 다름없으면서 도인 행세를 하는 그들이다.

“무량수불. 알겠소이다. 어쨌건 의외로 피해는 작을지도 모릅니다. 그들이 지금까지의 태도를 유지한다면 말이지요.”

“흐음…… 여기 모인 다른 무인들에게야 그리 하겠지만…… 과연 우리에게도 그리할지는.”

청성의 장로 중에 하나가 조심스럽게 의견을 개진하여 본다. 왕정에게 한 일이 있으니 내심 캥기는 것이다.

허나 이미 당가와 약조를 하는 것을 주도해 버린 화웅 진인으로서는 이제 와서 다른 의견을 낼 수가 없었다.

밉든 곱든, 당기전과의 협상 끝에 그와 한배를 타기로 하였으니 그도 달리 수가 없는 것이다.

"커흠. 이미 당가와 약조가 된 것이 아니외까? 게다가 피해가 있다 하여도 그들이 보상을 해 줄 것이요."

"솔직히 그것을 지켜줄지도 모르겠습니다. 차라리 지금에라도 뒤로 물리는 것이……."

"허어! 그래서야 어찌 큰일을 하려고 드는 겁니까?"

"그래도……."

"이번만 넘기면 됩니다. 이번 일만 해내면 우리 점창이 다음 대에 사천에 우뚝 설 수도 있단 말입니다!"

대체 당기전이 무슨 약조를 하였기에 이렇게까지 열을 올리는 것일까.

정치가의 기질을 타고난 화웅 진인치고는 아주 단호한 모습이었다. 전혀 그답지 않달까?

"휴우. 알겠소이다. 어디까지나 막으면 되는 거겠지요. 삼 일. 삼 일만……."

"그렇소. 그때가 되면 당가에서도 모든 준비가 끝난다 하였소. 그때까지만 하면 성도를 제외한 다른 현은……."

무언가 큰 약조가 있었던 듯, 화웅 진인의 표정은 진지하기만 하였다. 그로서는 지금이 일생일대의 도박인 듯하였다.

다른 장로들은 불만이 있기는 하였으나, 당가에서 약조한 바가 컸기에 울며 겨자 먹기로 더는 반대를 하지 않았다.

그때다.

"온다! 오고 있어!"

가장 앞서 자리를 지키고 있던 무사 중에 하나가 전방에 모습을 드러낸 자들을 직시하며 외치고 있었다.

第十四章

마주하다

시간은 누구에게나 공평했다.

때로 쏘아진 화살처럼 나아가는 시간이란, 많으면 많을수록 이롭게 작용할 수밖에 없는 법이었다.

청성은 자신에게 주어진 시간을 가장 잘 활용하였다.

“인간방벽이로군.”

당가에 이어서 청성 자신들까지 동원할 수 있는 모든 무인들은 최대한 동원을 한 듯하였다.

수천이다.

말이 수천이다. 수천이란 어마어마한 수다. 지난 시간 동안 들인 공을 청성은 질이 아닌 숫자로 보여주고 있는 것이다.

"진은 이미 만든 지가 오래고…… 가장 앞은 낭인들까지 동원을 했군요."

"중원은 원래 저런 식이오?"

"그럴 리가요. 청성이 특이한 겁니다. 아무리 무림 공적을 상대하더라도 저런 식으로 동원하지는 않지요."

하운성의 말에 왕정이 고개를 끄덕인다.

하기야 자신이 무림의 공적으로 몰렸을 때에도 저 정도 수를 한 번에 보지는 못했던 듯했다.

물론 동원한 수야 비슷했을지도 모른다.

허나 천라지망이라고 해도, 사람이 분포되어 있을 수밖에 없기에, 한 번에 이 정도 수를 보는 것은 무리였던 것이다.

이번에 무인들이 이리 모은 것은 점창과 당가로서는 사활을 걸고 할 수 있는 모든 일을 다 한 결과일 것이 훤히 보였다.

"구파일방이 총력을 기울이면 어떤지는 확실히 알 만하군요. 하."

무림맹 내의 파벌 다툼. 그 덕분에 공적으로 몰리고도 살았던 자신이다.

하기사 파벌 다툼이 아니더라도, 대다수의 구파일방은 공적 하나 잡자고 자신의 모든 것을 쏟아 붓지는 않았다.

홀로 분발을 해 봐야, 세력이 깎이는 것 외에 달리 이득이 얻어진다고 할 수는 없으니까.

하지만 이번은 달랐다. 확실히 많은 수였고, 정련되어 있는 검처럼 잘 벼려진 자들이 모여 있었다.

앞 열에 있는 낭인들을 제외하고는, 당가, 청성과 관련이 있는 중소문파 중에서도 정예들을 모은 것이리라.

—허허. 오랜만이로구나. 제대로 되었어.

헌데 오랜만에 의견을 피력하는 독존황은 약간이나마 긴장한 왕정과는 전혀 다른 반응을 보였다.

걱정을 하기보다는 차라리 반색을 한다고 표현하는 것이 더 옳은 표현으로 보일 정도다.

[긴장도 안 하시네요?]

—질 것도 아니잖느냐? 독인에게 있어서 수란 중요치 않으니까.

[하기야 양보다 질이지요. 그럼에도 저렇게나 많이 끌고 온 것은…… 판단이 잘못됐다고밖에요. 그도 아니면……]

—희생량으로 삼으려고 하는 것이겠지. 이 할애비가 활동할 때였더라면 양보다는 질이었을 게다.

[흐…… 할아버지가 말하던 제대로 된 그때의 무림이라면 제가 공적이 될 일도 없었겠지요.]

어쩌면 자신은 공적이 아니라, 적당히 명성을 얻고 작은 문파 하나 정도는 이룰지도 몰랐을 거다.

평화로운 무림에서 나온 고수들은 명성은 올리지 못하더라도, 작은 문파 정도는 이루고는 하니까.

'뭐 이제 와서는 전혀 다른 이야기지만…… 그나저나 당가가 보이지 않는군. 암계라도 꾸미는 것인가. 끝까지 질척하군.'

온다.

쿠우웅. 쿠웅.

청성과 당가가 준비한 무인들이 군사라도 되는 듯 열과 오를 맞추고서는 전진을 한다.

그 기세가 보통이 아닌지라, 자세를 취하고 있던 독곡의 무인들도 절로 긴장을 하게 될 정도였다.

구파일방으로서의 본 모습을 처음 보았기 때문이리라. 상대는 긴장에 상관없이 계속해서 다가왔다.

"우와아아악!"

낭인들은 우군이 가진 기세에 열기라도 얻은 것인지, 소리를 치며 속도를 더 하는 자들까지 있을 정도다.

시야를 가릴 곳도 없는 평야에서 펼쳐지는 압도적인 광경이다.

질 것이라고는 생각하지 않지만, 피해는 없는 게 나았다. 제 실력을 보이려면 적당히 긴장을 풀어 줄 필요가 있었다.

"자아, 숫자는 독인에게 있어 문제도 되지 않는다는 거 잘 알잖습니까?"

"허허. 그렇지."

"저쯤이야 독곡, 독물들보다도 못하지요."

"그거면 된 거 아닙니까? 필요한 것이라고는 딱 세 개 아니겠습니까."

"뭔가?"

안일지가 맞장구를 쳐준다. 긴장을 풀고자 하는 왕정의 행동을 그도 알고 있는 것이다.

맞장구에 맞춰 한 번 더 왕정이 맞장구를 쳐 준다.

"으깨고, 부수고, 분쇄한다."

"쉽군."

"예. 주목표는 청성! 모두 가지요!"

마지막 언질을 하고는 독인들과 왕정이 달리기 시작한다. 수천에 이르는 청성과 휘하 문파들을 상대로!

훗날 아미가 사천정화(四川正化)라 일컫는 혈전이 시작된 것이다.

*　　*　　*

"많군. 많아."

"청성이란 자들을 상대하기 전까지 힘을 아끼라고는 했지만…… 쉽지 않을지도 모르겠군요."

그때의 그 무사다.

안일지에게 충성스러운 눈빛을 날리고 있던 그의 눈빛은 그 어떤 때보다 밝게 빛나고 있었다.

쉽지 않은 어려움을 헤쳐 나가야 할 것을 즐기고 있는 것이 분명하였다.

"모든 독륜을 꺼내는 것을 허하지."

"명!"

"가지!"

처음 중앙을 차지한 독막의 무사들이 달려 나가기 시작한다. 그동안 보여 주지 못한 활약을 보여주려 하는 듯이!

그들의 양옆으로 있는 녹군과 일독지문이 양익(兩翼)이 되어 그 뒤를 따른다.

아미는…….

"가야겠지요."

"아미타불. 후후……가야겠지요."

마지막 씁쓸함을 담아 움직이기 시작했다. 어쩌면 오늘은 힘들지도 모른다는 생각으로.

살기 위해서라도 제압이 아닌 살수를 펼쳐야 할지도 모른다는 생각에 그들의 얼굴은 펴질 줄을 몰랐다.

*　　*　　*

"후우……."

다가오는 그들을 상대로 심호흡을 내뱉는다. 오랜만에 펼치는 대규모 일전에 마음을 다잡는 것이다.

'옛날 생각나는군. 흐.'

무공을 익히기 이전 사냥을 할 때 하던 습관이 지금까지 이어지고 있는 것뿐이다.

"운민."

"예."

"조심해. 전에 익힌 진은 펼칠 수 있겠지?"

"사조. 저도 애가 아니라구요. 얼마든지 펼칠 수 있어요."

"후후. 그래. 그거면 된 거지. 그럼 먼저 갈게!"

"조심하세요!"

작전은 이미 정해져 있었다.

초절정을 넘어서고 있는 무위를 가진 왕정이 일독지문과 같이 손발을 맞추어 봐야 손해였다.

이제 와서 손발을 맞추기 위한 훈련을 하는 것도 전력의 낭비나 다름없었다. 그러니 홀로 움직이기로 했다.

'오랜만이군.'

홀로 움직이는 것은 진정 오랜만이었다.

숲을 누비며 호령하는 야수의 기분이 이러할까?

"공적!"

"여기다! 여기 우두머리가 있다!"

자신을 알아보고 달려드는 무인의 움직임조차, 겁먹은 초식동물의 울음소리 같았다. 홀로 아무것도 하지 못하는 못난 이들의 울음이다.

왕정이 그들을 향해서 한 걸음 움직여 나아간다.

"공적이라는 말은……."

스으으—

그의 주변으로 독강기들이 모여든다. 초기에 그가 할 수 있던 모양인 독구(毒球)의 모양이었다.

조금만 더 심력을 사용하면 단검의 모양으로 만드는 것도 가능은 하다. 하지만.

'잔챙이들을 상대로 그럴 필요는 없겠지.'

지금은 이것으로도 충분했다. 게다가 독구 수십으로도 이미 앞에 자리하고 있던 낭인은 전의를 반쯤 상실했다.

"강기……."

"미친! 소문보다 더 하잖아!"

더 시간을 줘서 무엇할까? 시간을 허락해 보아야 겁을 먹는 시간만 길어질 뿐이다.

차라리 이럴 때는 빠른 끝맺음이 좋았다. 그것이 육식동물로서 초식동물에게 줄 수 있는 최선의 선물이다.

푸슉—

그의 생각이 이어지자, 그의 위로 있던 독구 중에 하나가 낭인의 몸에 그대로 스며든다.

"크으…… 뭐, 뭣……."

그도 내공을 가진 무인. 자신의 내공을 전부 쏟아 부어 저항을 해 보지만, 그게 무슨 소용일까.

촌각도 되지 못하는 저항이란 아무런 의미가 없을 수밖에 없었다. 게다가.

"미안하지만 조금 빌려가지."

"무슨!"

얼마 전 독존황으로부터 깨달은 가르침을 그대로 시전해 보이는 왕정이었다.

세상 모든 것은 독!

동물에게는 독이 아닌 것조차도, 인간에게는 독이 되기도 하다. 결국 독이란 상대적인 것이며, 사용하기에 따라 독이 되는 것뿐이다!

약이 독이 되고, 독이 약이 되는 것이 그 증거다.

그것에서 깨달음을 얻은 왕정이다.

왕정에게 있어 다른 이의 기운이란 것—제압할 수 있는 기—은 독으로도 활용할 수 있는 매개가 되었다.

'이종진기가 무인에게 독으로 작용하는 것과 같은 이치지.'

이종의 진기가 들어오면 내상을 입게 된다. 독이 사람을 상하게 하는 것과 같은 이치이지 않은가?

그러니 왕정에게 있어서 이종진기란 곧 독이다.

이종진기에 당하면 내상이 좀 심해질지도 모르지만 그거야 알아서 견뎌야하는 무게가 아니겠는가.

무인이라면 그 정도의 무게는 견뎌내야만 했다!

슈우우욱—

무인의 몸에서 독구가 빠져나온다. 사람 하나를 제압하고도 그 힘이 부족한 것이 아닌지, 되려 기운을 얻어 왔다.

"흐……흡정……이냐?"

"아니. 흡독이겠지."

몸에서 튀어나온 독구가 다른 무인에게 달려드는 것은 순간이었다.

그때부터다.

슈우욱— 슈욱—

때로 무인의 안력(眼力)보다도 더욱 빠른 속도로 왕정의 주변을 둘러싸고 있던 수십의 독구가 움직이기 시작했다.

강기!

그것도 흡독의 영능을 가진 강가가 쏘아지기 시작한 것이다.

"크아악."

"도, 독……."

악몽이었다.

이종진기를 독으로 활용하는 미친 발상은 바로 즉효를 보였다.

매일 행하는 심법을 익히기로도 매사 조심을 하는 무인이지 않은가. 그런 무인에게 이종의 진기가 들어오는 데 누가 버티랴!

강한 내력을 가진 고수라면 또 모를까.

아무리 중소문파의 정예라고 하더라도, 버텨 내기에는 한계가 있는 것이다.

'이종진기로 적을 제거한다. 이게 이이제이겠지.'

어폐가 조금 있는 듯하지만, 왕정은 그리 생각하며 전진을 하기 시작했다. 그 걸음을 막을 자들은 순식간에 내상을 입어 쓰러질 뿐이었다.

약자를 상대로 학살의 무위를 보일 수 있는 왕정의 진면목이 펼쳐지고 있는 것이다.

"죽엇!"

내상을 입었음에도 애써 의기를 일으켜, 왕정에게 도를 휘두르는 자도 있기는 했다. 어느 문파의 사람일까?

'제대로 된 무인.'

자신의 의지로 일어설 줄 아는 자다. 내상이 있다 하더라도 버틸 만한 의지를 가진 자다.

하지만 딱 그뿐이다. 제대로 된 무인이라면 애시당초 이 자리를 오지 않아야 했다.

자신의 가치관으로 지금의 상황을 판단하고, 도를 들었어야 했다. 오롯이 자신의 가치하에 도를 휘둘렀어야 했다.

그것이 자신의 환경이든, 소속이든, 문파든 무엇이든 상관은 없었다.

무인이란 오롯이 자신의 뜻대로 자신의 검을 휘두를 줄 알아야 하는 자였다.

'그러니 반쪽 자리인 게지. 그렇다 해도 그 의지는 알아 줄 만하니…….'

예우를 다 하여 준다. 내상에 당하고도 자신에게 도를 휘두를 수 있는 얼마 안 되는 자이니까.

파앙!

"크아아악!"

왕정이 날린 일수에 내상을 입은 무인 하나가 미끄러지듯 뒤로 밀려난다. 부드러워 보이나 그 속은 잔뜩 진탕이 되어 있었다.

"일 년은 더 걸릴지도 모르겠군."

내상이 심할 것이다. 하지만 무슨 상관이랴. 막는 자를 뚫고 갈 뿐이다.

분위기는 점점 과열되어 간다. 그 분위기에 맞추듯 왕정의 걸음 또한 빨라지고 있었다.

타닥— 탁.

산보 정도의 수준이던 그의 걸음이 어느새부터인가 더욱 빨라졌다.

보법을 펼친 듯 빠르기만 한 그의 걸음은 어지간한 삼류 무인으로서는 쫓을 수도 없을 정도였다.

자신의 반대편에 자리하고 있는 청성의 무인들을 바라본다. 그의 목적지가 눈앞에 보였다.

"막아라! 막아!"

퍼어억—

약간은 화려한 복식. 중소문파의 문주 정도 되는 자의 얼굴에 그대로 주먹을 내리꽂아 준다.

주먹이 다른 이들보다 더욱 매섭게 꽂히고 있었다.

사람을 책임져야 하는 자는, 더욱 큰 대가를 받아야 하는 법이었다.

사람을 책임져야 하는 문주인 주제에, 사지나 다름없는 곳으로 문도들을 데려온 문주에게 그 대가를 준 것이다.

"삼백 보."

문주 하나를 쉽게 쓰러트린 왕정이 작게 중얼거린다. 그와 청성 간에 남은 거리다.

"나! 일차도가! 처리한다!"

앞을 바라보고 있자니, 남들이 다 들으라는 듯 크게 일갈을 하고 달려오는 자가 있었다.

'있지도 않은 내공으로 무리하는군.'

내공이 전부는 아니다.

허나 내공이 적어서야 무공을 펼치는 데에 어려움을 겪을 수밖에 없다. 그러니 저자는 태양혈의 크기로 봐도 고수는 아니다.

그런데,

"호오?"

"놀랐느냐! 크큭! 악적! 죽어라!"

이게 무슨 상황인가? 녀석에게서 느껴지는 내력은 정파의 온연한 그것이 아니었다.

불순했다. 더러웠다. 또한 순수치 못했다. 적기만 하던 놈의 내력은 폭발을 하듯 순식간에 늘어났다.

왕정이 손을 쓰지 않았음에도, 이미 이종진기가 섞이기라도 한 것인지 놈의 내력은 혼돈에 가까웠다.

독존황이 정리를 해 주었다.

—마공이로구나! 정공을 익힌 자가 마공을 더했어!

[반 푼어치로군요.]

—그렇지. 일시적으로 힘을 얻을 수는 있으나 그뿐이겠지.

[어쨌건…… 뭔가 실마리가 될 녀석일지도요.]

판단은 끝났다. 남은 것은 판단을 실행하는 것으로 족했다.

"어딜!"

독구들 중에 두 개가 쌔앵— 하고 마공을 익힌 무사에게 날아든다.

카앙—

용케도 하나를 막아 낸다.

마공을 익힌 덕분일까? 아니면 본래 그가 가진 실력 덕분일까. 재밌는 치다.

하지만.

"딱 그 정도지."

"무슨 소리냐!? 이것 따위는!"

스악—

"큽……."

애써 독구 하나를 막는 것으로 끝인 존재다. 역시 사특한 방법으로 얻은 것은 그 깊이가 얕을 수밖에 없는 것이다.

"네 수준이 딱 그 정도라고. 운민!"

"예?"

뒤에서 왕정을 보조하던 운민이 왕정의 부름에 바로 답한다. 이 전장에서 그녀도 아직까지 여유를 가지고 있다는 증거다.

"다섯 정도를 데리고 이 녀석을 아미 장문께 가져다 드려."

"크으……."

놈은 왕정의 독에 당하고도 기절은 하지 않은 것인 듯 신음을 내뱉고는 있었다.

"이놈요?"

"그래. 꽤 재밌는 놈이거든. 실마리가 될 수도 있겠어. 저기 또 몇 명 보이는군."

"흐음…… 나중에 설명해 주셔야 해요."

"얼마든지! 자자, 그럼 맡기지."

"예!"

운민에게 맡기는 것으로도 충분히 믿을 만하였다. 이 정도 일 따위야 그녀로서도 충분히 할 수 있는 일이니까.

"남은 것은 이백 보 정도인가? 후후."

생각지도 못한 수확을 얻은 덕에, 좀 더 기운이 치솟은 왕정이 청성이 기다리고 있는 앞을 바라본다.

이백 보라는 짧은 거리 덕분에, 익숙한 얼굴이 보일 정도다. 화웅 진인. 그가 보였다.

第十五章

일각(一角)을 분쇄하다

왕정과 화웅 진인의 눈이 마주쳤다.

정치가인 그라고 하더라도 장로는 장로. 그의 경지가 낮지만은 않았기에 이백 보의 거리야 눈이 마주칠 수 있었다.

"저, 저놈이!"

눈이 마주치고 그 뒤에 보인 왕정의 태도에 화웅 진인의 얼굴이 시뻘게진다.

"픕……."

왕정의 비웃음을 정면으로 바라본 덕분이다. 어디서나 대우를 받고 살아 온 그로서는 별거 아닌 비웃음도 크게 느껴지는 듯하였다.

자신이 왕정에게 했던 과실은 기억하지 못하는 것이 퍽 우스꽝스러웠다.

"청성 무인들은 뭣하나. 어서 진을 꾸리란 말일세!"

"이미 만일귀진(萬逸歸陣)을 꾸려놓았습니다."

"만일귀진이라? 좋군! 노옴! 어디 와 보거라!"

도가의 문파이나 처음 뿌리가 살수문파에도 있지 않은가 하고 일컬어지던 청성이다.

구파일방으로 완전히 뿌리를 박은 지금에서야 그런 이야기는 전부 사라진 지 오래다. 그들이 도가의 정통 무예를 가진 지는 오랜 시간이 지났으니까.

허나 우습게도 뿌리가 뿌리이니만치, 아무리 도가의 문파가 되었다고는 해도 그 뿌리가 완전히 사라졌다고는 보기 힘든 청성이다.

음습함이 전혀 없는 것이 아니라는 소리다.

그러한 청성의 역사를 뿌리삼아 탄생한 진이 왕정에게 펼쳐질 만일귀진이니!

그 강함이야 말할 필요가 없을 것이다.

"금방 움직여 볼까나."

"으헛!"

왕정이 순식간에 거리를 격하기 시작한다. 이백 보 안에 있는 중소 문파의 무인들이야 더 상대할 필요가 없다는 태도였다.

하기사 손을 몇 번 놀리느냐의 차이일 뿐이지 않은가. 어차피 장애가 될 수 없는 자들이다.

내력마저도 상대의 내력을 이용하여 이종진기의 독으로 사용하고 있으니 더 말에 무엇 할까.

진을 진두지휘하던 자가 자신의 단검을 꺼내어든다.

그는 특이하게도 청성에서도 귀한 단검술인 급풍십상자(急風十三刺)를 주무공으로 사용하는 청풍심자(淸風沈子)였다.

때로 하류잡배들이 사용하고는 하는 단검술로, 진을 지휘하는 자리에 오르기까지 얼마나 노력을 했을까?

"개진!"

그는 청성에서도 몇 안 되는 진성 무인일는지도 몰랐다. 물론 그렇기에 가장 위험한 곳을 자처하고 서 있었다.

"휘유. 제대로군!"

청성의 일사불란한 모습에 그들을 얕보던 것을 조금이나마 반성하는 왕정이었다.

제대로 된 기세를 가진 자들이 진을 개진하고는 자신을 기다리고 있는 덕분이다. 꽤 매서운 기세였다.

구파일방의 자리에 들기에는 부족하기만 해 보이던, 청성도 저런 자들이 있기에 그 명맥이 이어지고 있는 것이리라.

또한 오늘의 자리에서는,

'아쉽게도…….'

저들을 징치해야만 했다. 자신에 대적하는 무인들이 죄를 지은 것은 아니나, 그들도 청성인이었으니까.

무림의 모든 은원이 그리하듯 저들을 물리쳐야만 하는 것이 자신의 입장인 것이다.

"뭣들 하나! 어서 움직이지 않고!"

또한 그리해야만 저 지긋지긋한 면상을 하고 있는 화웅 진인도 처리를 할 수 있겠지.

"한바탕 놀아보지요!"

"얼마든지!"

만일귀진과 왕정이 부딪친다.

* * *

"흐으…… 지독하군."

적! 적! 적!

오직 적뿐이다. 청성인들이 사용하는 만일귀진은 두터운 껍질을 지닌 귀갑이라도 된 듯 단단하기 그지없었다.

아니, 단단하기만 했더라면 쉽게 물리쳤을지도 모른다.

단단한 것을 깨부수는 것이야 왕정으로서 어려운 것이 아니니까!

다만 그들은 단단함 가운데에, 암수를 들이밀었다. 진의 단단함을 깨부수려하면 언젠가 다가온 암수가 그의 뒤를 노렸다.

단단함으로 막아 내고, 단단함을 깨부수려는 자의 뒤를 노린다.

단순한 방식이며, 생각이지만 실제로 당하는 왕정의 입장에서는 꽤나 애를 먹을 만한 상황이었다.

'게다가 진기도 흐릿한 것이, 환영진으로서의 효과도 있는 듯하군? 재밌어.'

제갈혜미에게 진에 관한 공부를 전혀 하지 않았더라면, 꽤나 당황을 했을지도 몰랐다. 안다는 것이 꽤 도움이 되었다.

'역시 뭐든 배워두면 쓸모가 있는 법이라니까.'

왕정은 그리 생각하며 시선으로는 앞을 주시했다. 또한 기감으로는 몸의 전체를 느끼며 움직이기 시작했다.

'상과 하를 뒤튼다는 것은 다시 말하면…….'

푸슉—

그 매개체는 좌에 있을 확률이 높았다. 뒤트는 것은 대체로 그런 방향에 있다. 이유? 제갈혜미가 말해 줬으나 잊은 지 오래인 왕정이다.

다만 그는 응용을 할 뿐이다.

"크윽……."

때려 맞추기라도 한 것일까. 아니면 그 방식이 효과가 있었던 것인가.

먹혀들었다. 아주 조금이지만 단단함이 무뎌졌다. 금강석 같은 단단함에 틈이 보이기 시작한 것이다.

'재밌군.'

왕정이 날뛰기 시작한 것은 그때부터다.

자신이 있는 곳이, 곧 자신의 영역이며 놀이판이라도 된다는 듯 왕정은 쉼 없이 독구들을 날리기 시작했다.

아니 숫제 회오리를 만들어 내는 듯 보였다.

그를 주변으로 쉭쉭하며 돌고 있는 독구들의 괴악한 모습을 보고 있노라면, 태풍이라도 일어날 기세였다.

처억.

한 걸음에 그가 만드는 독구의 회오리가 일변한다. 그의 주변이 아닌 그의 앞을 노리며 움직이기 시작하는 독구다.

스아악—

어느샌가 그의 뒤를 노리고 오는 암수가 다가온다. 앞으로 독구들을 모두 향한 왕정의 뒤를 노린 것이다.

자신들의 단단함을 뚫을 수 없도록!

하지만.

터억!

"크윽."

왕정의 옷 사이에 숨겨져 있던 독구 하나가 어느샌가 튀어 올라 암수를 날린 자에게, 되려 암수를 가한다.

이 또한 왕정이 미리 노린 바였다.

암습이 실패한 것에 청성인들이 당황을 할 때! 왕정이 내디뎠던 일보는 다시 반보가 더 해졌다.

그리고!

미친 듯이 돌기 시작하는 독구가, 마치 쐐기라도 된 듯 단단하기만 한 벽을 향해서 쏘아지기 시작했다.

그들이 만들어 낸 진기의 벽이었다!

뚫고, 뚫고 뚫는다! 더는 버티지 못할 만큼 분쇄를 시킨다!

"끝내자고!"

그 의지! 그 일념 하나만을 가지고 모든 것을 집중하는 왕정이었다.

그가 움직이는 동안 청성이라고 하여 가만히 있었던 것이다. 그들 또한 왕정을 막기 위하여 암습을 가하고, 또 가하였다.

가능한 한 모든 수를 사용하여 왕정을 압살하기 위하여 단검을 날리고, 검을 휘둘렀으며, 장을 날렸다.

허나 왕정의 독구는 모든 것을 막아내는 신병이기라도 된 듯, 그들의 암수를 막아 내고 휘둘러쳤으며, 부쉈다.

왕정의 의지와 혼연일체(渾然一體)가 되어 움직이는 독구가 모든 것을 흘려내고, 비틀며, 동시에 막아내고 있는 것이다!

단단함!

오직 그 하나만을 믿고 버티는 청성의 만일귀진과는 또 다른 방식의 방어였다. 응용력이 최고조에 다른 왕정만이 가능한 강기 활용이었다.

"크으……."

아까 들었던 신음이 다시 들려오기 시작한다. 왕정의 공격이 제대로 먹히고 있다는 증거다.

'얼마 안 남았군.'

한 방울, 한 방울 떨어지는 물 줄기가 바위를 뚫는 데는 무엇이 필요할까?

노력? 시간? 그런 당연한 것이야 생각할 필요가 있는가? 뚫기 위해서는 당연히 선행되어야 할 것이 그 둘이다.

그 둘이 빠지게 되면? 남은 것은 하나다.

'작은 틈.'

바위를 뚫기까지, 처음 그 시작인 틈이 가장 중요할 뿐이다. 작은 틈만, 아주 미세한 틈만 생긴다면 그때부턴 일사천리다.

그 틈에 스며든, 물방울 하나, 하나가 틈을 벌리고 또 벌리며 결국에는 구멍을 만들어 낸다.

그 작은 틈에서 시작된, 작은 물방울이 바위를 뚫어내는 것이다!

하물며 지금의 왕정은 작은 물방울로 바위를 뚫자 하는 것이 아니지 않는가!

그는 거센 폭포이며, 동시에 만독의 조종자이다. 만일귀진의 진법 따위야 결국에 그에게 무너질 수밖에 없는 진인 것이다.

"막앗!"

처음 만일귀진을 펼칠 때까지만 해도 자신만만하던 청성인들의 표정이 무너진다.

크과가가가가각—

틈이 벌어지며, 그들의 긍지가 무너지기 시작한다.

카각—

왕정 하나의 기세에 그들의 기세가 밀린다. 그들의 자존심이 밀린다. 청성인으로서의 고귀함이 깨어진다.

카아아앙—!

유리가 깨어지듯 깨어지는 소리에 마지막으로, 그들의 모든 것이라 할 수 있는 만일귀진의 무공이 깨어진다.

진의 묘리가 으깨어지고 분쇄되어, 서 있는 것은 왕정 그 하나밖에 없었다.

지금!

그래. 진이 무너져버린 지금이라면! 자부심이 무너지며 빈틈밖에 남지 않은 지금이라면!

진을 형성했던 청성의 무인들을 무너트리는 것이야 일도 아닐 것이다. 그들의 목숨을 앗아가는 것쯤이야 한 줌 장난거리도 안 되는 일이었다.

하지만 왕정은 그들을 직시하고 있지 않았다.

만일귀진을 무너트린 그의 시선의 끝에는 지긋지긋한 악연인 화웅 진인이 자리하고 있었다.

"막앗! 막으란 말이다!"

화웅 진인이 소리친다. 왕정과 맞서려 자세를 취하기는커녕 입만 떠든다. 검을 빼어 들지조차 않는다.

한결같이 그답다. 무인이라기보다는 정치가 같다. 아니 이 또한 제대로 된 정치가에겐 실례겠다.

그래. 왕정에게 밀려버린 그, 기세만으로도 무너져 버린 그는 하류잡배다. 시궁창의 쥐새끼다!

"후…… 웃기네."

왕정이 걸음을 옮긴 것도 아니다. 단지 기세. 그의 기세에 밀려서 저리 지랄발광을 하고 있는 것이다.

"……."

청성의 무인들 중에서 제대로 정신이 박힌 자들은, 화웅 진인의 모습에 부끄러움을 느낀 것인지 고개를 숙였다.

힘으로 청성의 자랑 중 하나인 만일귀진을 깨부순 자와 그 자에게 겁을 먹어 쥐새끼라도 되는 양 고래고래 소리를 치는 화웅 진인.

그 두 모습을 보고 부끄러움이 들지 않는다면, 제대로 정신이 박힌 자가 아닐 터이다.

"뭐, 뭐야……."

"어떻게 된 거야? 진이 깨지기라도 한 거야?"

멀리서부터 왕정과 청성의 일전을 지켜보던 중소문파의 무인들도 얼이 빠진 듯 가장 뒤이자, 가장 높은 곳에 있는 청성을 바라본다.

그들에게 있어 큰 뒷배라고 할 수 있는 청성이 무너진 것은 크게 충격으로 와 닿을 수밖에 없으리라.

그들 또한 전장을 치르며 올라가던 기세가 죽기 시작했다. 아니 겨우겨우 버티던 악바리 근성이 사그라들어 버렸다.

뒤에서 벌어지고 있는 일은 봐 버렸기 때문이리라.

"저게 뭐하는 거야? 대체!"

누군가가 답답하다는 듯 소리친다. 두렵기만 하던 청성에는 하지 못하던 큰 울림이다.

하지만 그 누구도 소리친 자를 욕한다거나, 비난하지 않았다. 내심 그들도 동조를 하고 있었다.

무너져버린 진. 그 앞에서 망연자실하고 있는 청성인들. 고래고래 소리치는 화웅 진인. 부끄러운 듯 고개를 숙인 일부 청성문하까지.

무인으로서 보이지 않아야 할 광경이 그들의 눈에 가득 자리하고 있었다.

그 시선의 중심에 서 있는 화웅 진인이 다시 소리친다.

"어서 진을 구축하라고! 그래 만일귀진이 안 되면, 송풍미진공이 있지 않은가! 어서!"

눈에 서린 감정. 겁에 못 이긴 듯한, 못 볼 것을 본 것 같은 그의 눈빛은 단 한 가지의 감정만을 덧씌우고 있었다.

광기다.

구석에 내몰린 쥐가 고양이를 물 듯한 그 광기다!

화웅 진인은 왕정과 직접 맞부딪쳐보기도 전부터 끝에 내몰린 자의 광기를 표출하고 있었던 것이다.

그 꼴을 더 보지 못하겠던 것일까?

모두가 소강 상태에 있는 가운데에서 고래고래 소리를 치는 화웅 진인에게 다가가는 자가 있었다.

평소 청성의 자부심이 강한 듯, 청성의 상징들을 어깨에 수놓은 무인이었다.

"장로님……."

"그래. 운자야. 뭣하나? 어서 진을 펼치거라!"

"장로님……."

"끝내야만 하지 않겠느냐? 놈도 만일귀진을 상대하느라 지쳤을 것이다."

말이 통하지 않는다.

어둠에 질려 경기를 일으키는 어린아이라도 되는 듯 화웅 진인은 주변을 신경 쓰지 않고 소리만 지를 뿐이다.

장로씩이나 된 그가 어린아이가 떼를 부리듯 하고 있는 것이다.

"……장로…… 아니 사부님"

제자였던 것인가?

"무어냐!"

그가 일갈한다.

"그만 하시지요! 그만! 누가 사부의 말을 따르겠습니까? 제가요? 아니면 실망한 청성인이? 저 멀리 바라보고 있는 무인들이 따르겠습니까?"

"따르지 않으면!? 따르지 않으면 어찌하겠다는 것이냐? 무엄한! 내 너를 그리 가르치지 않았다!"

"……주변을 보시지요."

그제야 경기를 일으키던 화웅 진인이 주변을 바라본다.

가까이에 있는 경멸의 시선들. 화웅 진인을 따라왔다는 것에 대한 환멸의 시선들.

저 멀리는 구파일방으로 이름을 날리던 청성에 대한 놀람과 사지로 자신들을 몰고 온 청성에 대한 비난이 자리해 있었다.

경멸, 비난, 증오, 환멸, 실망…… 모든 부정정인 감정들이 그를 향해 쏘아져 온다. 세상 모든 부정들의 집합체가 된 것처럼.

"아아……."

화웅 진인은 그제야 깨달았다.

자신은 죽은 것이다.

목숨을 잃어야 죽는 것이 아니었다. 부정에, 환멸에, 경멸에 갇혀 있는 청성의 장로가 살아 있는 목숨이겠는가.

살해를 당해버렸다. 명예살인이다.

무인으로 자라 무인으로서 아무것도 남지 않았는데 죽지 않았다면 그게 더 이상한 일이 아니던가.

그의 시선의 마지막 끝에는 자신을 안타까운 눈으로 바라보는 제자가 있었다.

운자. 그나마 순수했던 자신이 소싯적에 거둬들인 제자. 언제나 쓴소리를 아끼지 않던 제자가 있다.

'그래도 제자 하나는 잘 뒀구나…….'

끝까지 자신을 지켜 주고 있는 이라고는, 자신과 한배를 탄 당가도, 자신의 모략질의 수단이었던 청성도 아니었다.

제자였다. 몇 안 되는 제자.

그 제자를 위해서 자신이 할 수 있는 것은 무얼까? 명예살인을 당한 자신이 할 수 있는 마지막 발악은?

세상에 발자취는 남기지 못할지언정, 제자에게 마지막으로 남길 수 있는 마지막의 한 수는 무엇일까.

그가 한걸음 나아간다. 그 뒤로 있을 제자에게 조용히 읊조린다.

"자야……."

"예. 스승님."

제정신을 차린 것을 알게 된 것인가? 제자로서 스승에게 답한다.

"미안하다. 못난 스승을 두었구나."

"아니옵니다."

"되었다. 이 스승이 가게 되면…… 많은 고생을 하게 될 것인즉…… 미안하구나."

"……아닙니다."

"미안하구나. 이 스승이 끝을 낼 것인즉…… 잊거라. 잊고…… 무만을 닦거라."

"……."

제자의 마지막은 침묵이다. 그래. 운자는 그런 제자였다. 못난 스승을 끝까지 지키려고만 하던 제자.

"허허. 무량수불."

잇새로 도호가 나온다.

화웅 진인 그의 걸음이 빨라지기 시작한다. 그의 걸음의 끝이 될 곳은 당연하다는 듯 기다리고 있는 왕정이었다.

마지막 모습을 보아서일까?

그를 쓰레기로만 바라보던 왕정의 눈이 아주 조금 풀어져 있다. 허나 감정이 조금 풀어져 있다 해도 끝은 봐야 했다.

그것이 왕정과 그가 맺어야 할 인연이다.

"결착을 지어야 하지 않겠는가? 허허."

"……그래야겠지요."

왕정과 그가 마주하기 시작한다. 이미 결과는 서로를 마주하는 순간 알고 있었다.

화웅 진인은 죽을 것이고, 왕정은 승자가 될 것이다. 말하지 않아도 그런 결과가 나올 것을 모두가 알고 있었다.

비무대도 아닌, 야트막한 언덕.

그곳이 질기던 화웅 진인과 왕정의 결착이 지어질 곳이었다.

"어서 오게나!"

"가지요!"

둘이 마주한다. 휘둘러지는 진인의 검을 피해 왕정의 권이 그의 가슴을 강타한다. 단 한 수지만 충분했다.

"크윽……."

명예살인 당한 자의 마지막이다. 삶이 이미 죽어 버린 자다. 다만 제자의 마지막이라도 지켜주려 자살을 하는 것이다.

"푸, 품에……."

그가 마지막 숨을 거두며 가리키는 눈짓의 방향은 무엇을 말하려 했음일까?

청성과 왕정의 질겼던 인연 중 하나가 결착이 지어졌다.

〈다음 권에 계속〉

천라검형
한성수 신무협 장편소설
『태극검해』, 『절대검해』의 작가 한성수 신무협 장편소설!
『천라검형』
하늘을 뒤덮는 검의 형상!
나의 무공의 근원은 하나의 검로(劍路)이다.
dream books
드림북스

반생학사
소유현 신무협 장편소설
ORIENTAL FANTASY STORY & ADVENTURE
『학사귀환』, 『학사무경』의 작가 소유현
그가 풀어내는 또 하나의 학사 이야기!
시험에 낙방 후, 무한히 반복되는 시간의 굴레에 갇혔다.
감옥과도 같은 무한회귀 속에서 벗어나야 한다!

DREAMBOOKS

DREAMBOOKS★

DREAMBOOKS★